WEI YUEDU

微阅读
1+1工程

1+1 GONGCHENG 第三辑

忽然天好蓝

张祖文

百花洲文艺出版社
BAIHUAZHOU LITERATURE AND ART PRESS

图书在版编目(CIP)数据

忽然天好蓝 / 张祖文著 . —南昌:百花洲文艺出版社,2013.10(2018.12重印)

(微阅读1+1工程)

ISBN 978 - 7 - 5500 - 0791 - 8

Ⅰ.①忽… Ⅱ.①张… Ⅲ.①小小说—小说集—中国—当代 Ⅳ.①I247.8

中国版本图书馆 CIP 数据核字(2013)第 252364 号

忽然天好蓝

张祖文 著

出　版　人:姚雪雪

组稿编辑:陈永林

责任编辑:赵　霞

出　　　版:百花洲文艺出版社

发行单位:全国新华书店

印　　　刷:北京柯蓝博泰印务有限公司

开　　　本:700mm×960mm　1/16

印　　　张:12

版　　　次:2014 年 2 月第 1 版

印　　　次:2018 年 12 月第 3 次印刷

字　　　数:128 千字

书　　　号:ISBN 978 - 7 - 5500 - 0791 - 8

定　　　价:29.80 元

赣版权登字:05 - 2013 - 346

邮购联系:0791 - 86895108

网址:http://www.bhzwy.com

图书若有印装错误,影响阅读,可向承印厂联系调换。

前 言

　　以"极短的篇幅包容极大的思想"，才能够以小胜大，经过读者的阅读，碰撞出思想的火花，震撼人的心灵。正因为这样，微型小说成为一种充满了幽默智慧、充满了空灵巧妙的独特文体。

　　如果说在二十一世纪的头一个十年，是互联网大大改变了我们的生活，那么在我们正在经历的第二个十年里，手机将更为巨大地改变我们的生活。如今，以智能手机为平台，正在构成一个巨大的阅读平台。一种新的阅读方式正不知不觉地走进大众的生活。一个新的名词就此产生，它便是"微阅读"。微阅读，是一种借短消息、网络和短文体生存的阅读方式。微阅读是阅读领域的快餐，口袋书、手机报、微博，都代表微阅读。等车时，习惯拿出手机看新闻；走路时，喜欢戴上耳机"听"小说；陪人逛街，看电子书打发等待的时间。如果有这些行为，那说明你已在不知不觉中成为"微阅读"的忠实执行者了。让我们对微型小说前景充满信心和期待的是，微型小说在微阅读的浪潮中担当着极为重要的"源头活水"。

肩负着繁荣中国微型小说创作、促进这一文体进一步健康发展的责任和使命，微型小说选刊杂志社推出了"微阅读1+1工程"系列丛书。这套书由一百个当代中国微型小说作家的个人自选集组成，是微型小说选刊杂志社的一项以"打造文体，推出作家，奉献精品"为目的的微型小说重点工程。相信这套书的出版，对于促进微型小说文体的进一步推广和传播，对于激励微型小说作家的创作热情，对于微型小说这一文体与新媒体的进一步结合，将有着极为重要的作用和意义。

编者

2014 年 9 月

目　录

格桑花盛开的地方 …………………………………… 1

藏刀 ……………………………………………………… 4

我的单行道爱情 ………………………………………… 7

藏獒尼玛 ……………………………………………… 10

寂寞凝固之后 ………………………………………… 13

望着雪山跳舞 ………………………………………… 16

给你一个飞翔的理由 ………………………………… 19

天葬 …………………………………………………… 22

月亮之上 ……………………………………………… 25

拴在琴弦上的魂 ……………………………………… 27

决斗 …………………………………………………… 30

在布达拉的凝视之下 ………………………………… 33

夏日的最后一朵玫瑰 ………………………………… 36

阳光倾洒下的爱情 …………………………………… 38

忽然天好蓝 …………………………………………… 42

你为什么不叫卓玛 …………………………………… 45

藏香 …………………………………………………… 49

你是爱情的原因 ……………………………………… 52

梦海 …………………………………………………… 55

如果你在秋天到达 …………………………………… 58

窗含西岭 ……………………………………………… 61

春天已经来过 ………………………………………… 64

草原深处 ……………………………………………… 67

问你到哪里去 ………………………………………… 70

敞开你的心门 ………………………………………… 73

有一种感动叫活着 …………………………………… 76

飞翔的眼睛 …………………………………………… 79

那晚的月光 …………………………………………… 81

第三次婚礼 …………………………………………… 85

拉萨通火车了 ………………………………………… 89

不会尖叫的孩子 ……………………………………… 92

昂起头来真美 ………………………………………… 95

七根藏链 ……………………………………………… 98

两棵树的命运 ………………………………………… 103

谁是猎手 ……………………………………………… 106

天堂的路有多远 ·················· 109

对面窗台上的女孩 ·················· 112

两个八点钟的故事 ·················· 115

张学柱的专有名称 ·················· 117

谁叫你乱说话？ ·················· 122

静思的天空 ·················· 126

天梯 ·················· 129

爆龙灯 ·················· 132

银河 ·················· 135

治嗝良方 ·················· 138

神话 ·················· 141

情人的眼泪 ·················· 144

顽石 ·················· 147

王一毛的怀疑 ·················· 150

爱的第一百种语言 ·················· 153

被子 ·················· 156

假钞 ·················· 159

赤子 ·················· 162

花开的味道 ·················· 165

关于非洲鸡的肤色考证 ·················· 168

守候阳光 ………………………………………… 170

爱源 ……………………………………………… 173

同等待遇 ………………………………………… 175

结局 ……………………………………………… 177

遥远的家 ………………………………………… 180

赌局 ……………………………………………… 183

格桑花盛开的地方

卓玛坐在那里，整个人就如同一樽木雕，动也不动。

她的眼里，盛开了一团火焰。

他站在远处，看着她，仿佛在看一个永远刻进了历史画面的人。

在卓玛的视线里，蓝得像绸缎一样的天笼罩着一大片开得异常绚丽的花。这些花，或扶，或立，或迎风招展，或静立无语。在草原上，这些花就叫格桑花。它们就如同蓝天与白云的守护神一样，到哪里都能看见，到哪里，都能把草原装点得姹紫嫣红。

他和她，是在建筑工地上相识的。

那天，他一到工地，就看到了一个身体瘦弱的女孩正站在工地外面。那女孩有点腼腆，甚至还有些手足无措。他看到女孩似乎是想向周围的人打听点什么，但几次有人从她面前经过，她都开不了口。后来，他觉得，自己有必要过去问一下。

一问，才知道她是想来工地上找工作的。

你来这里找工作？他看着她，语气中满是惊奇。女孩却说，是啊，不知有没有适合我的？

你这么瘦弱的身体？他还是有些不相信。

没问题的，她当着他的面，挥动了一下手臂，说，我很有力的！

但是……他顿了一下，又说，可我们这里，现在只需要小工。

小工也没问题，她又用力地挥动了一下手臂，说，我是从大草原上来的，有的是力气！挥动手臂的同时，她的眼神中充满了渴求。

本来，作为一个精明的生意人，他是不可能答应的。但那天他真是太好奇了。他想，这么柔弱的女孩子，为什么非得来打小工呢？要知道，打小工可是工地上最辛苦的活。莫不是她的背后有什么不为人知的故事？

这样，抱着好奇，他终于点了点头，说，那就先试试吧。于是，她

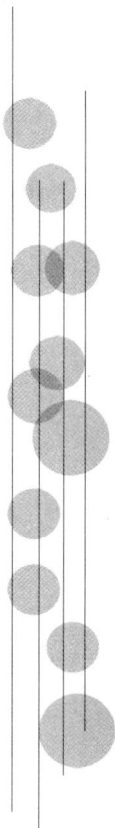

就马上开始扛水泥，和砂浆，搬砖头。

一天，他来工地又遇到了她。最初，他都没认出她来。直到她向他打招呼时，他才认出了她。他看到，她全身都沾满了灰尘，整个面部更是蓬头垢面，根本看不出一点女人的特征。她站在他的面前，说，那天感谢你啊，否则我还不能得到这份工作呢。他听了，笑笑，说，没什么。她就扛着一袋水泥，准备过去。他的头脑中突然闪现了一个问题，就连忙说，等等，你那天说你是从哪里来的呢？

大草原啊。她闪动了一下眼睛，说，藏北大草原。

藏北？他觉得有意思了，就问，你们那里有什么好的东西？

格桑花啊，她答，我们那里，到处都是美丽的格桑花，它们比布达拉宫广场上的花，都还要漂亮好多呢。

真的？他问。

是啊，有时间带你去看看，她说。说完，就有人在远处喊，卓玛，快点！她就连忙过去了。

那天他在工地上视察了一圈，觉得工程进度还不错。后来，正当他要钻进车子准备离开时，却突然有工人过来了，说，老板，不好，出事了！有人从脚手架上摔下来了！

他连忙说，马上打120！然后就问，是谁？

有人说，就是那个打小工的女的。

卓玛？他听了，马上一愣。虽然任何人出事，他都会觉得不幸，但卓玛出事，还是让他感觉更为意外。

他赶到了出事地点。一看，果然是一身灰尘的卓玛躺在了地上。她人已经昏迷了，地上还有一摊鲜血。

送到医院，医生说幸好摔下的楼层不高，摔得不重，只是把一条腿摔断了，摔断的腿虽说可能不会完全复原，但基本上不会有生命危险。

他到医院时，卓玛还一直在昏迷。他觉得有必要通知一下卓玛的家人。问了工地上的人，大多数人都不知道卓玛住在哪里，只有一个工人，说曾经看见卓玛一天下班后，回到了北郊的某个地方。

他就让那工人带路。费了好大的劲，还真的在那一带找到了卓玛的家。

一进家门，他就被那里面的阴暗潮湿给惊呆了。房子很小，进去后，院子里有狗在叫，里面马上就有一个满脸皱纹的老太太拄着拐杖走了出来，她的手上竟然还抱着一个嗷嗷待哺的孩子。

他连忙走了过去，说，老人家，你都走不动了，还抱孩子干什么啊。

老人抬眼看了看他，却没说话。他知道她肯定不懂汉语。

问了邻居，才知道，原来，这个人是卓玛的奶奶，一直在生病。卓玛家没有其他的亲人了，她一直就只与奶奶相依为命。为了给奶奶治病，她才从草原到了拉萨，租了一间房子，四处找工作挣钱，只为给奶奶治病。

那个孩子是卓玛的？他问。

什么卓玛的！邻居说，是有一天早上，卓玛带奶奶上医院，在路途中看到一个遗弃的婴儿，觉得没人要可怜，就自己抱回来的。

他听了，当即怔在了那里。

两个月后，卓玛出院。他亲自去把卓玛接了出来，并且，专门送卓玛回了一趟藏北的大草原。

当卓玛坐在轮椅上静静地看着草原上盛开着的美丽的格桑花时，他就远远地站在一旁，看着同样美丽的卓玛。

从此，他就经常与卓玛一起，来草原上看格桑花。

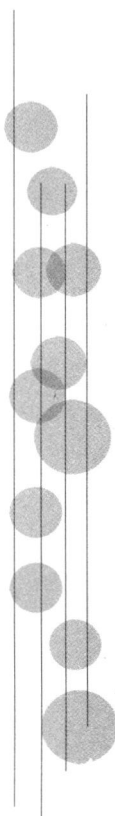

藏　刀

傍晚，藏东，一小镇。

我、小五、司机三人，准备在此歇息。

车停下，找到一个外观破旧的小旅馆。稍作安顿，决定上街吃点东西。

走出旅馆，夜幕已降，找到一家小饭店，进去，点了几样菜，外加几块藏区的特产干牛肉。

老板先拿来了干牛肉，我们一边嚼着一边等其他菜上来，正嚼着，突然发现身旁多了一个人。

那人一身藏式打扮，头上用红布盘了好多条辫子，明显的康巴汉子。他一进来，就"砰"地坐到我们旁边，喊，老板，炒菜呀！然后冲我们笑了笑。

老板在厨房里回应道，你又来了？口气似乎有点不耐烦。

那汉子却并不介意，老板也没再吱声，他自个去拿了杯子，倒了开水，坐了下来，仿佛与老板很熟。

一坐下，他又冲我们笑了笑，就将凳子移到了我们的面前。

我们认为他要过来聊天，小五顺势递给了他一块干牛肉。

他接过，也不说谢，就递进了口里，然后"扎巴"了一下嘴，问我们，要不要藏刀？

藏刀？我很意外，想这汉子原来是干推销的呀。我摇了摇头，说，我们没用。

汉子望着我，说，没用？在我们藏族男人的眼里，刀可是和女人一样，缺一不可的呀！

我无言，小五却好像很兴奋，说，藏刀？给我看看！他是第一次进藏，对什么都充满了好奇。

我想阻止，那汉子却已从衣襟里拿出了一把刀，放在了桌子上。我看那刀鞘上刻满了藏式的花纹，知道是真的藏刀。小五却已一把抓过，将刀拔了出来。

刀身很古朴，刀面很宽，在昏暗的灯光下发出了一道道寒光。小五看了一下，马上伸了一下舌头，真是好刀！他发出了感叹。

这时菜却上来了，汉子不得不收了刀。我们便先吃饭。那汉子坐在一边，老板却不理他，仿佛没看见一般。

他有点讪讪的，我边吃边随口问了一句，这刀多少钱？

你要呀！他很兴奋，马上站了起来，将刀递给了我。

我忙摇手，说，问问，问问而已。

他很失望，又坐了下去，没再言语。

没一会儿，他就走了出去。

老板却走到了我们的面前，说，你们刚才幸好没要他的刀！

我疑惑地望着老板。

老板说，他只要一看见我这店里有人，就会进来推销他的刀，我都被他弄烦了！

为什么呢？小五好奇地问。

听说，他要卖掉那把藏刀去找女朋友。老板说。

女朋友？我有点惊讶。

是呀，他是这个小镇上的，虽然很穷，却找了一个不错的女朋友。有一天他女朋友却突然不辞而别，听说出去打工了，他就决定要去找她，但却没有路费，便只有卖刀。老板用一种很平淡的语调叙述着，仿佛这对于他来说已不是什么新鲜事。

那把藏刀很值钱吗？我问。

谁知道，反正好久了，都没有人买。老板说。

我们都不说话了。一会儿吃完饭，我们就准备回旅馆休息。出门时，老板说，小镇很乱，注意点。

我们感谢了他的善意提醒，却都没怎么在意。

刚到旅馆门口，却又碰到了那康巴汉子。他好像是故意等在那里，一见到我们，就又迎了上来，说，你们再看看吧？

我们都摇了摇头。他又失望地走开。

进了旅馆，因为很疲惫，一躺下，我们就都睡着了。

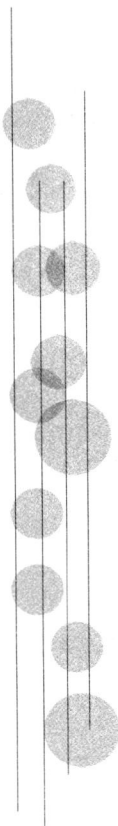

半夜，突然被一阵喧哗声惊醒，我一个激灵，翻身起床，见房门大开！

急步跑出，见一群人正围在我们的房间外面。

我上前，只见人群中两个人正躺在血泊之中。一个人竟是昨天晚上向我们推销藏刀的那康巴汉子，另一个人不认识。几个警察刚刚赶到现场。

听老板说，昨天晚上我们睡着之后，那汉子又来找了我们几次，都被他给赶走了。后来夜深了，他突然听到外面有人厮打，起床一看，就在我们房前发现了浑身是伤的两个人。

因为这件事，我们不得不继续在小镇上呆着，以配合警察的调查。

后来调查结果出来了，原来不认识的那人是一个小偷，那天晚上原本准备半夜进房来偷点东西，不想刚撬开门，就被偷偷溜进来想卖藏刀给我们的那汉子发现了，于是两人便开始了一番搏斗。因为都用了刀，所以后来就都倒在了血泊里。

原来那汉子是因为我们才受的伤。

我们到医院里去看他，他已经处于弥留阶段了。一看到我们，他就问，要不要我的刀？

我眼泪直流，说，要，要定了！

就这样，我买了今生的第一把藏刀。而且，我还准备过几天就带汉子的骨灰到拉萨去。

因为听别人说，他的女朋友就在拉萨。

我的单行道爱情

我是在布达拉宫广场上认识卓玛的。那时正是夏天，很热。我骑了一辆自行车到了布达拉宫广场边上。我本来是想到对面去的，但那里是单行道，过去不容易，看着对面熙熙攘攘的人群，我想，不如先到广场上去逛逛。

我正在广场上闲逛时，一个女孩子走到了我的面前，说，先生，要照一张相吗？

她就是卓玛。我知道广场上有一些专门以为游人照相为生的摄影师。我问，多少钱一张？

卓玛说，先生，五元一张，很便宜的。

我仔细看了看卓玛，发觉她很瘦，却高，小嘴小脸，很可爱的样子。

我说，好吧，不过要穿藏装照。

看我要照相了，卓玛显得很高兴，她马上就说，先生，你等等，我马上去给你拿衣服。

她转身走向广场上的一根杆子下。那里堆着一些五颜六色的藏族服饰。

她抱了一堆衣服过来，叫我挑。

我选了一下，觉得衣服好像有点难闻。卓玛看着，笑了，说，这些衣服都是为游人准备的，穿的人多了，难免会有异味。听后，我就随便选了一件穿上。

卓玛就叫我站好，背对布达拉宫摆好姿势，然后就举起了相机。

照完后，卓玛对我说，你过一会儿来，就可以取照片了。

我点了点头，继续在广场上逛。

我看到卓玛很忙，不停地在招呼其他人。她长得漂亮，人又热情，所以，很多人都在她那里照。卓玛不停地在广场上东奔西跑地忙碌着，

时不时就举起相机，照上几张。

突然，我看到一个人，也一直在看着卓玛。他的手上，也拿了一部相机。看样子，应该也是广场上的摄影师。

那人明显没什么生意。他大部分时间都是一人坐在一个小台阶上。开始时，他只是偶尔看卓玛一下，后来，就不断地抬头。从他的表情，我看出了一种越来越明显的敌意。

在我取照片的时候，一群外国人围在了卓玛的周围。这些外国人有十几个，大多数都赤着膀子，只穿着背心。翻译与卓玛交谈后，卓玛就到处找藏族服饰。找了一会儿，似乎还是不够，我看到她的脸上呈现出了一种焦急的神情。

后来，她向那个一直坐在台阶上的人走去。

我看到她在和他说话。从两人的表情推断，他们应该是认识的，而且还是熟人。

不一会儿，那人就走向了他自己的那堆藏族服饰。我就站在那堆服饰的前面。

我看到他先是抱起那堆服饰，然后又犹豫了一下，趁卓玛又去招呼那群外国人的机会，就从自己的兜里，掏出了一个瓶子，然后就拔开盖子，撒了一些白色粉末在衣服的里层。

从我刚才的经历，我想，他是不是在想办法清除衣服里面的异味？

然后，我就看到他，亲自把那些衣服给卓玛拿了过去。卓玛接过，很高兴的样子，并马上给那些外国人穿上。

没几分钟，那群外国人就照完了相。他们纷纷脱了衣服。

但有几个老外，脱了衣服后却一直都在抓挠。开始时，只是轻轻地抓，后来，却越抓越重，有的老外，甚至还把背心都脱了，把身上抓出了一道道鲜红的血痕。

我知道，出事了。

看到此种情景，卓玛也呆呆地怔在了那里，一副不知所措的样子。

有个老外非常生气，他冲到卓玛面前，手舞足蹈地指着卓玛，不停地咆哮，还大声地说着什么。通过翻译，我听到是老外们要叫卓玛赔偿。

此时，广场派出所的民警，也站在了卓玛的面前。我看到，卓玛的泪，一下就流了出来。

民警先把那群老外送到了医院。然后，就把卓玛带到了派出所。

我一直站在那堆衣服边上没有离开。我看到那人从卓玛那里抱回自己的衣服后，就一直坐在一边，不怀好意地看着卓玛。而当卓玛被带到派出所后，他的嘴角，又露出了一丝丝不易觉察的微笑。

我明白了他刚才举动的原因。

我向派出所走了过去。

后来，我就与卓玛熟悉了。

一天，我与卓玛在咖啡厅的情侣包间里喝茶。卓玛笑盈盈地问我，说，那天你为什么取了照片后都还不走？

我说，因为我喜欢你啊。

卓玛笑笑，说，仅仅因为你喜欢我啊。

我说，还因为你也喜欢我。

她伸手在我的鼻子上轻轻地刮了一下，说，不知羞，凭什么说那时我就喜欢你了？

我说，你还不承认？说完，我就从我的包里，翻出了一张珍藏已久的照片，递给卓玛，说，你看看，这是不是你那天悄悄给我照的？

卓玛接过，一看，脸就红了。因为那张照片，竟只照了我的半张脸，而且，整张照片竟只有那半张脸，明显是在偷偷摸摸且手忙脚乱的情况下特意照的。

卓玛说，你怎么会有这张照片？

我说，那天我取照片时，你正忙，就叫我自己找，我一找，就多找到了这一张。

卓玛听了，就不好意思地低下了头。

我看着她，觉得她的脸，好红好红，就像一朵正在盛开的花。

我真感谢，是那天走了单行道，才使我有机会遇见了卓玛。

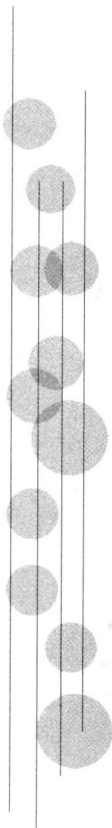

藏獒尼玛

101，川藏线的一段，是世界上最险的公路中最险的一部分。第一次过 101 时正是初春，天气还相当冷，气温基本上还只有零下几度，高原上好多地方都还在下着雪。

从小城出发，我的心就一直都在寒冷的空气中打着鼓。不是因为路险，而全是因为我座位后面的一条大大的藏獒。它是和一个藏族同胞一起上车的，叫尼玛，头大，毛长，形如狮，体似虎。

第二天下午一点，车子到了一处河边。旁边的人说，车子现在已经进入了 101 路段。我的心骤然提了起来。果然，没多久，司机加拉就吩咐大家下车步行。大家下车，一看，车子正停在河上的一座铁索桥边。看河，水流湍急，河面上好多地方都还结着厚厚的冰层。铁索桥全是用铁板及铁链构成，很窄，桥面离河面大约也就二三米远的样子。河的对岸就是"101 道班"所在地。几个工人正在房子前面望着对岸的我们。

等全体乘客包括尼玛在内全都下车了，加拉又发动了汽车。他对我们说，让我们必须等他把车子开到对岸了才能步行过去上车。

然后，我们就看到偌大的一个车子颤巍巍地以极慢的速度开上了桥。桥面刚好容下车子的体积。车一上桥，整个桥身就马上急剧地晃动了起来。我们全车的人都站在河岸边屏着呼吸盯着在桥面上缓缓行驶的汽车。尼玛也沿着河岸跑个不停。

正当车子在桥上缓慢地行驶时，尼玛的身影不知什么时候竟也到了桥面的中央！全体人员都惊呼了起来，但尼玛却仿佛并没听见，仍是站在桥面上汽车留下来的一点空隙里与车子一齐向前同行。我们看到，车子在向前行驶的过程中，不知什么时候车门竟打开了。

那藏族同胞桑多很是焦急，他干脆往桥面上跑去。在桑多的脚刚踏上铁索桥并向前迈动脚步的一刹那，汽车却突然就在桥面上又打了一

个晃!

铁索桥的两边只有简单的护栏。桑多一手护着桥上的简易栏杆，一边小心地往前走。到了车尾，他开始轻轻地呼唤尼玛，尼玛这一次好像听到了桑多的声音，它停了下来，转过头，面向桑多。

这时我们在这边岸上的人才看清了！原来尼玛的嘴里，竟然衔着一个红色的包裹！而我们都清楚地记得，桑多上车前，就曾提着这样的一个包裹！当初他上车时因为来晚了，车子顶棚上的货架也装满货物，无奈之下，便只有将自己的这个小包裹放在了车门边的一处小空隙旁。

我们都明白了。一定是刚才车子的门自动打开后，因为车子的晃动，桑多的包裹就从车子上滚到了桥面。尼玛看到了，便马上上桥，护住了主人的包裹！

而尼玛一回头，就看到了桑多，它又马上放下了嘴里的包裹，一个转身，就从前面回到了桑多的身旁！这时，桥面又一晃，桑多一个没站稳，身子就向着河面上倒！刹那间，我看到尼玛的嘴，也如闪电般咬向了桑多的衣角！

几秒钟的功夫，就听得"扑通"的一声，桑多和尼玛都掉到了河里！

我们看到，河里一只狗和一个人正在水里不停地扑腾着，狗正奋力往对岸游，它的嘴里还叼着一个人的衣角！

在汽车终于过了河的一瞬间，狗和人也同时到了岸上！

我们上了桥，向对岸跑。

过了河，我们看到桑多也被河水呛晕了，人事不省。他立即被送到了养护段的房子里，工人们立马生起了火。尼玛全身湿漉漉的，伏在屋子的一角，我们都顾不上了尼玛。

没想到，桑多刚被送到火边，尼玛就又冲了出去。

我们看到，它又一次跳进了冰冷的河水里。

它像刚才一样，在河水里奋力地游动着。我们都不解地望着它。

十几分钟后，它才又上岸了。这次，它的嘴里拖着刚才桑多的那个包裹！

原来，它是去河里找桑多的包裹了。

它一上岸，我们就都围了上去，却发现尼玛倒在了岸边。我们靠近，它又立刻抬起了头，睁着两个铜铃大的眼睛盯着周围的人，整个身子也在尽力地向着身边的包裹靠拢。但它的身子却基本上已不能动弹，无奈，

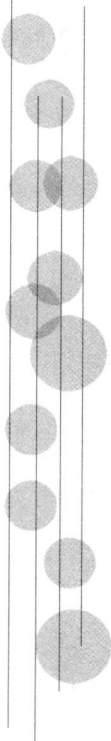

它便直起了脖子，向着我们狂吠。这时，我们发现，它的身子上的某个地方，正在"咕咕"地流着血！血已染红了一大块河岸。

我们马上叫出了刚醒来的桑多。

一看到桑多出来，尼玛就松开了嘴里的包裹。它的头终于无力地俯在了地面上，眼睛也慢慢地合上了。

桑多上前，抱着尼玛，一个劲地哭。

后来在给尼玛收拾遗体时，我们发现，它的腹部，有一条长长的，有七八厘米的伤口。据有经验的人说，一定是尼玛在河里拖着桑多和包裹上岸时，一边游还要一边破河里的冰！而河里的坚冰，好多时候比钢铁还要硬！在没有一点防护的情况下，尼玛也就注定要被那些坚冰划伤身子了！

汽车又出发时，太阳才刚刚探出它的身子。而 101 路段上，一双刚毅而忠诚的眼睛，却永远地留在了太阳底下。

尼玛名字的藏文意思，就是太阳。

寂寞凝固之后

岗巴拉，边防哨所，海拔 5700 米。

那天，我背着自己的旅行包，一步一步地向着哨所靠近。大雪已下了好几天，整个高原到处都是一片茫茫的白雪。我很冷，但还有一丝丝信念在支撑着我，因为我知道，在不远的前方，就该有一个世界上海拔最高的哨所。我的身子已经很虚弱了，肚子老是"咕咕"地响，走一步路还得喘一口气。我知道，自己是患了急性痢疾。

我很沮丧。旅行包似乎越来越让我不堪重负。我已经不能够再坚持下去了。我摔掉旅行包，但一抬脚向上走，却还是只能大口大口地喘着气，感觉脚比铅重。我哈了一口气，感觉再也无力为继。我的头脑在瞬间就一阵晕眩，然后就是一片空白。虚幻中，我觉得自己的灵魂在一大片碧草茵茵的草原上飘荡着，我感觉好寂寞，周围的一切，像一片厚重的空气，凝固了，在使劲地压迫着我。

一个热乎乎的东西凑近了我的嘴边，软软的，像母亲温暖的手。我无意识地用唇触了一下，感觉一股浓郁的清香飘了过来。我张开嘴，轻轻地一咬，清香就随着喉管下了肚。恍惚中，发觉这好像是馒头。

我干脆张开了嘴，任那清香随意倾泻进了我的肠胃。

之后不知过了多久，我终于清醒了过来。睁开眼，一群面黄肌瘦的面孔呈现在了我的眼前，所有的眼睛都深陷在了一个大大的眼眶里，仿佛一口口浑浊的深井。但深井里此时洋溢的，却满是关切，全是期待。

他们还全都穿着厚厚的军装。

一见我醒来，他们就全都发出了一阵欢呼。为首的一个满脸络腮胡的高个子更是激动地在房间里转个不停，说，他醒了！他醒了！

我望了望四周，记忆一点一点地恢复了过来。我看到了房间里一面墙上写着的"岗巴拉哨所值勤表"字样。

从肩章上看，那络腮胡是一个上尉军官。他看我醒来了，就忙扭头喊，小王，快拿热馒头！

吃了热馒头之后，我感觉自己的精神好了很多。全体哨所的同志都为我感到高兴。

但我却有一点觉得很奇怪。我发现每天吃饭时，所有战士都在哨所的另一个房间里面悄悄地吃。每当炊事员把热乎乎的馒头端到我的床前时，我就要求与大家一齐吃。络腮胡上尉一听就说，什么一齐吃啊，你身体虚弱，要好好休息，就在床上吃吧！语气不容置疑。我却发觉，整个哨所的战士们的眼眶却越来越像一口深井。

就这样，我在床上躺了十天。那天，当全体哨所的战士又全都聚到另一个房间里吃饭时，我轻轻地用手支撑着自己的身体，感觉已有了一些力气。之后，我就坐了起来，然后下了地。我惊喜地发现，自己基本上已恢复得差不多了！我向另一个房间走去，想将这一喜讯告诉给哨所的所有战士们。

我轻轻地推开了隔壁房间的门。

我看到，所有战士的目光都望向了我。他们所有人的手里，都拿着一片黑黑的面块。有的战士还正在用力地啃着面块，艰难地一口口地往肚里咽，仿佛在吞一块块坚硬的冰。

络腮胡上尉一看到我，就马上放下手中的黑面块，高兴地走了过来，说，好啊，你好啦！其他战士也都涌了过来。

我从一个战士的手中拿了一块面块放到嘴中，一咬，真是嚼冰的感觉，而且，明显还是生的，没有用火加工过！

我想着自己这十天每天吃的热馒头，眼角的泪就流了下来。

络腮胡上尉却嘿嘿地笑了，说，没啥事，大老爷们的，还这么感情用事！我们也只是因大雪封山，山下的供养一时运不上来，煤气也基本上要用完了，所以才吃这玩意的。我看向一旁的灶台，一个小小的屉笼正在呼呼地冒着热气。我的泪又流了下来。

战士们的脸上深井越来越深，煤气也越来越少，我每天却还是在享受着那所剩无几的白面。后来，我实在不忍心，就坚决地要求与大家一起吃生面块。络腮胡上尉见我身体已经完全复原，也就同意了。之后，就由战士们轮流吃每天做的一点点白面馒头。

终于有一天，大雪停了。几天后，哨所外面响起了一阵汽车马达的

轰鸣。

但络腮胡上尉却在大家兴高采烈地从车上搬运东西下来时，晕倒在了屋子里。所有战士都围在他身边，号啕大哭。

从此，我的旅行相册里，就多了一个满脸络腮胡的军人遗照。而在我家里客厅的一角，却永远放着一块从岗巴拉拿回来的生面块。那是一个军人嘴里最后遗留的一点东西。而我，每当在吃白面馒头的时候就会想起，在大家轮流吃热馒头的时候，上尉却一再要求把自己排在最后。但在供养运来时，没有轮到上尉自己。我在哨所的近一个月中，他都没吃上过一口白面热馒头。

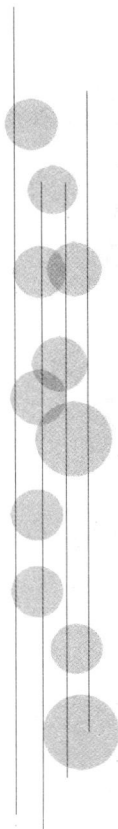

望着雪山跳舞

央吉原籍拉萨，从小却在内地长大，二十三岁才第一次回拉萨。

回拉萨不久，央吉就感到自己和父亲似乎已有了隔阂。央吉有一个男朋友，是在内地谈的，且不是藏族。这就让央吉的父亲很为不满。因为父亲一直都想让央吉找一个本民族的男朋友。这次央吉一回来，父亲就直截了当地表达了对她在恋爱方面的反对，但央吉却不为所动。父亲很生气，但央吉却感觉自己很委屈。

央吉和男朋友早就商量好了，只要等她回拉萨探完亲一回内地，俩人就马上结婚。虽然因工作原因，男朋友这次不能陪她来拉萨，但一想到不久就要举行的婚礼，央吉的心中就充满了幸福的感觉。

不过父亲有一个远房亲戚叫俊美的，常常来找央吉。俊美比央吉大两岁，父母早亡，一直都是一个人生活，幸好有央吉家接济，才能读完大学，并在拉萨找到一份工作。父亲在央吉刚满十八岁的时候，就对她说已给她找了一个男朋友。父亲说的就是俊美。虽然央吉一直都没有同意，但父亲却早就将俊美认作了自己的未来女婿。为了等央吉，俊美也一直都没有结婚，甚至连女朋友都还没有谈过。

俊美常来找央吉，这就让央吉感到很为难。她也曾多次委婉地对俊美表达了自己的想法。但俊美却仿佛并不在意，来找她的次数反而更多了。

央吉就觉得很烦。一天，她对父亲说，自己想一个人出去走走。父亲问她想到哪里去？她说自己想一个人到附近的山上去一下，散散心。父亲说，山上？不行，你一个人去不行，要去必须要有一个人陪你去！央吉不答应，父亲更不让步。无奈，央吉便只有让父亲找了一个人陪着她去。那人当然就是俊美。

那天央吉和俊美很早就整好装束出发了。出发时央吉给在内地的男

朋友打了一个电话，说自己要去爬雪山。男朋友叮嘱她要小心，还充满柔情地叫她早点回来结婚。在央吉打电话时，俊美一直呆在旁边，一言不发。

没多久就到了山下。央吉抬头看着山顶，感觉心中豁然开朗。西藏的山，雄伟而多情，任何人与她接触，心灵都会马上濯静无瑕。一接近雪山，央吉就觉得自己好开心好开心。她快速地向山上跑去，俊美一直跟在她的身后，默默地守护着她，还是无言。

不一会到了半山腰，却飘起了雪花。西藏的气候多变，常常是一会儿晴一会儿下雨下雪。没多久，雪越下越大，竟在地上铺上了薄薄的一层雪。抬眼望去，整个山都是白茫茫一片。央吉感到自己好兴奋，风冷冷地吹着脸庞也不觉得冷。

突然，央吉眼前竟呈现出了一道奇观：她所在地方再上去一百多米，有一片雪域竟是红色的！红雪！央吉从小在内地长大，一直认为，雪就是白色的。但现在却有红色的雪！央吉感到无比惊奇，她快速地向上跑去，想亲自看一看这红色的雪。

俊美却开口了。他喊：央吉，别上去，上面危险！央吉没听到，还是往上面跑。

眼看离红雪越来越近，央吉心中更是兴奋，眼中都充满了红色。就在她快接近那一片红雪时，雪地上却突然出现了一个身影！

那是一只熊！央吉的心中倏地升起了一阵恐惧。熊的一只巨掌也快速地向她扇了过来！央吉近乎绝望了！

正在紧要关头，一个人影闪了过来，挡在了央吉的前面。那是俊美。熊掌重重地打在了俊美的腿上！央吉看到，俊美手中的刀也火速地向前挥了出去，插进了熊的胸腔！

一个月后，俊美从医院出来了，但却只剩了一条腿。央吉很感谢他，对他说她以后就将在拉萨找工作，照顾他一辈子。

央吉给内地的男朋友打电话说了自己的想法，并问男朋友是不是也能来拉萨和她一齐创业。男朋友开始时默默无语，后来央吉再打电话，他就不接了！

央吉明白，男朋友在内地有一份好工作，但他一来拉萨，不仅什么都要从头开始，还要和她一起照顾一个已什么都干不了的废人，他肯定是不情愿的。

　　后来，央吉也就放弃了那些想法，自己在拉萨找了一份工作。空闲时，她就会用轮椅推着俊美到拉萨的郊外，看看附近的雪山。央吉在以后也经常看到山上又有红雪。央吉后来知道，红雪不过就是雪下在一种红色的低矮灌木上时所呈现出来的一种自然现象。但每当又看到红雪，她就会很激动，就会和轮椅上的俊美一起，跳起藏民族特有的舞蹈——锅庄。虽然俊美不能下地，但轮椅也能奏出和谐的节奏，让央吉感到那些红雪真的是好美好美。

给你一个飞翔的理由

我和同事旺堆一起下了车，站在车下的草地上。

我们警惕地望着前方，感觉空气有点凝固，心跳也加速，手中的枪被我牢牢地抓紧，掌心流出了涔涔的汗。

面前的草原一望无际，天的颜色与草地的颜色融为一体，一群藏羚羊在不远处的一个小水池边悠闲地吃草、喝水。

我向旺堆递了一个眼色，他便又上车，将车开向远处的一个山丘后面。回来后，我们卧倒在了草地上，身影基本上全掩在了草丛中。

时间过了好久，大多数的藏羚羊都卧在了草地上休息，仿佛一个大家庭般温馨、祥和，一只老藏羚羊正在一支小藏羚羊身上舔舐着，小藏羚羊静静地躺着，享受着和煦的阳光和亲密的母爱。

我挪了挪手中的枪。一只长着长长两个耳朵的兔鼠从我的身上跃过。

突然，远方的视线中，又出现了一辆车。车在老远的地方就停了下来。

几分钟后，几个身如豆点的人影下了车并慢慢地向我们的方向接近。一会儿，这群人的身影就越来越大，我清楚地看到，他们每个人的手里，都拿着武器。一个满脸络腮胡的大汉端着一只猎枪走在前面，一看就是带头人。

我的心兀自收紧。看来，情报没错！我将对讲机拿过，轻轻地说，旺堆，看到没有？

旺堆马上回答，看到了，好几个人呢！

我说，注意，他们一接近，我们就立刻鸣枪，千万要抢在他们动手之前！

好的。旺堆说。

一步步，一步步，那伙人小心翼翼地向着小水池边靠近，快接近了，

他们干脆俯在草地上，匍匐前进。

一会儿，前面的草丛不见了动静。

根据经验，我知道，他们已经瞄准了目标！

我扣动了扳机！

"砰——"地一声，一声轻啸滑过水面，水池边立即乱了起来。

所有的藏羚羊都如条件反射般地一下就蹦了起来。

紧接着，我喊，警察！

按以往类似的情形，只要我一喊出了"警察"两字，那些盗猎者就会马上如惊弓之鸟，作鸟兽散。

但这一次却不同，几乎是在我喊出"警察"两个字的同时，水池边突然枪声大作。

我知道，这是一伙志在必得的歹徒！

顷刻间，我看到几只还没有来得及跑出歹徒射程的藏羚羊就如坍塌的泥墙一样，倒了下去。

我立即向着歹徒们藏身的地方猛烈射击！旺堆的枪也同时响了起来。

歹徒们可能没想到突然之间会有这么猛烈的回击，加之他们所用的毕竟是猎枪，火力有限，而且不知道我们这边的虚实，几分钟后，我就发现有一个歹徒踉跄着向远处的汽车跑去，紧接着，另外的几个歹徒也跟着跑去。

枪声暂时停了下来。

我追了上去。经过水池边时，看见一只还没有断气的藏羚羊正在拼命地移动着身体。它的全身上下都被鲜血浸染，一条腿上被猎枪的弹药击出了一个大大的孔，正在"咕咕"地流着血。我很心痛，忙俯下身，撕下自己的一只袖管，立即给它作了简单的包扎。

我站起来，却发现那伙歹徒却又折回了身！我明白，他们肯定是发现了我们人少，所以有点有恃无恐。

我愤怒到了极点，再次拼命地扣动了扳机。

突然，我感觉自己的一只手臂麻了一下。

歹徒似乎没料到我们会这么顽强，一时间竟有点手忙脚乱。两分钟后，他们已经确定占不到什么便宜，便又向着车子靠近。一会儿，有好几个人就都上了车。然后，发动了车子，急速向远处逃去。

我和旺堆转身，一看，竟有三只藏羚羊倒在了血泊之中，两只藏羚

羊受重伤。

我对旺堆说，快，把车开过来！

车过来了，我和旺堆连忙将受伤的藏羚羊抬上了车。

刚发动车子，就听到了一个微弱的声音，救救我，救救我。

我看到不远处的草丛中，一个满脸络腮胡的人躺在那里，腿上明显中弹了。

我下车，看到了他眼神中的无助。我挥舞着自己的伤臂，藏羚羊身上的鲜血还一直不停地在我的眼前晃动。

后来在医院里，那人对我说，他最初认为我们不会救他，没想到我们不仅救了他还送他到了这里，所以，他感激我们。我说，没什么，其实保护藏羚羊的最终目的，也是为了保护我们人类自己。所以，救他也就是理所当然的。他听了，久久不语。

两年后，我们可可西里保护藏羚羊巡视组，又多了一名义务工作人员。他就是那天我和旺堆救起的那个伤员。

从此，他就和我们一起生活在了草原上，飞翔在了可可西里。而飞翔的理由，则是他在感受草原上的生命气息时，大自然赋予他的。

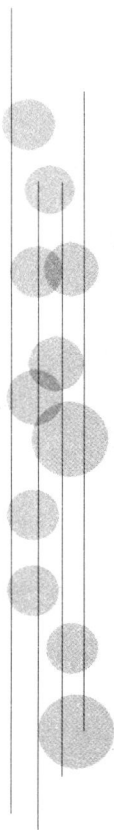

天 葬

万米高空，一只鹰在翱翔。它犀利的双眼，一直在地面搜寻着什么。它的内心，焦急万分。

它一直想找一个人。但那个人，却好多天都没有露面了。

它只有在高空之中，击打着自己坚强有力的双翅，让自己的双眼，在地上的每一寸土地上，做地毯式的搜寻。

鹰清楚地记得，就在一个月前，它还和她一起，一个在天上，一个在地上，默默地对视。有时它突然从万米高空中俯冲直下，在她的身边荡起一阵风，让她耳际的头发轻轻地飘起。有时她调皮地向它一笑，让它在瞬间就觉得，自己飞翔，突然之间就变得意义非凡。每次看着它飞翔的时候，她的眼角就会露出孩童般天真而纯洁的笑容。它喜欢看到她的笑容。

但自从上个月以来，它就一直都没有再见到她的身影。这就不得不让它的内心非常的空虚和失落。好长一段时间以来，它都觉得，自己的飞翔，就是仅仅为她一个人而飞的。但现在，她却不见了！

它感到，她一定是出了事。

它在高空中俯冲、尖叫，用翅膀拼命地击打着空气，试图让她能在地面上听到。但是这一切，似乎都无济于事。她的身影，始终都犹如它身边的空气，没有一丝丝的痕迹。

它看到了远处的一条小河。这条小河，是以往她最喜欢去的。因为她经常要来这里洗衣服、背水。而它，最初也是在这里认识她的。

它记得，第一次在这条河边见到她时，它一眼就被她的美丽所迷住。第二天，它就把自己连夜捕到的一只兔子，放在了她去河边必经的路上。

它记得，当她看到突然出现在自己面前的兔子时，是多么地高兴。而它，也感到万分的幸福。从那时起，它就懂得了一个道理，为自己心

爱的人做任何一件事，幸福的，其实并不仅仅是对方，更多的，还是自己。

突然，它看到了几个人，正鬼鬼祟祟地从河边向一个地方赶。

其中的一个，它认识。这个人曾经在她背水的路上拦着她，试图非礼。幸亏当时有它看见，它当即就从高空中直冲而下，在那人的头顶上狠狠地啄了一口，让他狼狈而逃。

现在它看到这个人，就隐隐地觉得，她的失踪，可能与他有关。

它悄悄地跟着这几个人。

那几个人走向了一座白雪皑皑的雪山，走进了一个山洞。

它悄无声息地降落，轻轻地走到了洞口。前面的几个人，都毫无觉察。

进了洞，它发觉，这是一个美丽得让外面任何景致都无法比拟的地方。洞里灯火辉煌，终年不化的积雪反射着灯火的光辉，看起来美丽异常。

它看到，一个角落里面，一个美丽的姑娘，正躺在地上。

她一袭白衣，在洞里积雪的掩映下，宛如一个仙女。但她的脸上，却流满了鲜血，看起来憔悴异常。

那个曾非礼过她的人，走到了她的面前，说，卓玛，你考虑得怎么样了，到底愿不愿意嫁给我？再不答应，我可真的对你不客气了！

她缓缓地抬起了头，满是鲜血的脸上，尽显苍白。她的眼睛看着那人，张开了嘴。只听得"扑"的一声，一口痰吐在了那人的脸上。

那人当即恼羞成怒，一把抓住了她，说，老子都让你考虑一个月了，真是敬酒不吃吃罚酒！说着，他就举起了手，手中拿着一把明晃晃的刀子。

它立马展翅冲了过去。

没几个场合，在场的几个人就被它全部制服。有的被啄瞎了眼，有的被啄伤了腿，特别是那个拿刀子的人，更是被它啄得奄奄一息。

它站在了她的面前，用双翅，托起了她的身体。

它看到，她基本上已经全身无力。它的双翅，感觉异常沉重。

她看了看它，说，没想到，你来了。

它点了点头，眼睛中泪光闪闪。

她用尽全身力气，把手放在了它的头上，说，其实我早就知道，你一直都在高空中默默地关注着我。

它不断地点着头。

她说，你知道吗，一直以来，我都好想跟着你，一起在高空中自由自在地翱翔？那种感觉，我好羡慕好羡慕！

它拼命地点着头。但它感觉，它的翅膀是越来越沉。

她盯着她的眼，说，带我到天上去，行吗？

它泪如泉涌，头点得已成了一根直线。

她的手，终于无力地滑了下去，她的眼神，最后却闪现出了一丝丝几乎看不见的光芒。

它把她，放在地上。她身上的那袭白衣，它看着，觉得好美好美。

它看了她好久好久，才终于缓缓地在她的身上，开始了第一啄。

从此，它和她，就一直都在天上，自由自在地翱翔。而它，觉得自己能陪伴她一生，真的是幸福异常。

月亮之上

寂寞像一条蛇，静静的没有言语。

卓玛坐在湖边，想象着近在咫尺的如绸缎一般的湖面，感觉自己的内心很空。她的最后一个亲人也已经在一个月之前去世了，现在的她，只能一个人生活。而离家不远的这个湖，成了卓玛最想依偎的唯一一位亲人，只要一有时间，她就想到湖边来。

在卓玛的印象中，这个湖一直都如一面无边无际的镜子，让她看不到头。她最近有关湖的记忆已是在十年前了，那时她还太小，站在湖边，唯一可见的，只是远远的一根把湖面与天际连了起来的线。这根线就成了卓玛对湖的最后的记忆。

卓玛是拉着隔壁小男孩次洛的衣襟和他一起来到湖边的，她的眼睛看不见都快有十年了。她清晰地记得，自己五岁时还能看到蓝天和白云，但自从经历了一场眼疼后，这些东西便全都在一瞬间离她而去了。

卓玛脱掉鞋子，将脚伸进了湖水，却感觉有人在背后默默地看着她。她没有动，认为是次洛。但背上的目光却仿佛越来越沉重。卓玛感觉这不是次洛，而是另外一个人。

卓玛有点不堪重负了。她站起了身，喊，次洛，却没有人应声。卓玛只有又坐了下来，一动不动，默默地感受着湖水的气息。

背上目光的压迫感却越来越重。卓玛坐了好久好久，猛然，她用手往背后一捞，就抓住了一角衣襟。

是次洛吗？她问。那衣襟摆动了一下，却没有挣脱。她听到了一声咳嗽。

她的脸色一下子就凝固了。她听出来了，这不是一个小男孩的喉咙里能发出的声音，这声音很浑厚，虽然仅仅是咳嗽，但卓玛也能听得出来，这不是次洛。

卓玛问，谁？

良久，那人终于说话了，你是不是叫卓玛？

卓玛点了点头。那人又问，你的家是不是在这附近？

卓玛茫然地望向了声音发出的地方。

那人叹了一口气，然后就再也没有了声息。

卓玛怔怔地坐在那里，不知发生了什么事。一会儿，次洛轻巧的脚步声响了起来。他走过来，问卓玛，刚才有人来过这里吗？卓玛点了点头。次洛说，那人穿着白大褂呢。

卓玛的心微微地颤抖了一下。她突然记起，当初母亲从山上摔伤，最后的时间也就是在湖边度过的。当时，要是有一个医生在现场，该多好！

两天后，次洛又来找卓玛，给卓玛说，你知道吗？我们这里有了第一个正式的医生了呢。卓玛说，真的？次洛说，就是那天在湖边看到的那个人。卓玛说，好啊。她感觉自己的眼睛里突然涌进了一大片蔚蓝的湖水。

卓玛想着这些，就感觉湖水正向她汹涌而来。她忙用手捂住了脸。这时，她听到院子里有人说话，说话的声音她觉得有点熟悉，很浑厚。

那天傍晚，卓玛又叫次洛扶着她到了湖边。她静静地坐在湖边，突然，一只小鸟扑在了卓玛的怀里。次洛喊，卓玛，那只小鸟受伤了呢。卓玛用手轻轻地摸着小鸟的身体，感觉羽毛果然有点粘腻。她喃喃地说，这可怎么办，怎么办啊？这时，一个浑厚的声音说，给我吧。然后就有一只宽厚的手，从卓玛的手上拿走了小鸟。卓玛马上就听到了一阵器皿碰击的声音。

好久，次洛才轻轻地对她说，月亮都升起来了。卓玛抬头望了望空中，对次洛说，月亮是不是好圆好圆啊？次洛说，是啊。卓玛说，那上面的人一定不会感觉到寂寞吧？次洛说，怎么会呢，因为那上面根本就没有人！卓玛说，怎么会呢，我感觉那里迟早一天都会有人的。你看，我们这里不是都有了第一个正式的医生了吗？

次洛良久都没有作声。卓玛坐在原地，感觉湖边的轻风不断地吹过她的指缝，凉凉的，就如一条蛇，但却很舒适。

拴在琴弦上的魂

我在偶然之间，听到了一个有关扎西的故事。

扎西是马术队队员。他一生最大的梦想，就是能在拉萨开一场个人的马术表演。

扎西来自藏北草原。在那个地方，天高云淡，地广人稀，扎西从小便在草原上练就了一身过硬的马上功夫。在他刚八岁时，他就能从疾驰的马背上拾起放在地面上的哈达。

还在扎西没有成年时，他就听人说，整个高原，只有拉萨的马术表演水平最高，于是扎西便非常地想到拉萨去。

但扎西家却很穷。开一场马术表演，是需要很多钱的。于是，扎西便有事无事地呆在草原上，看着天空中自由自在飞翔着的雄鹰，感觉自己真是很渺小。扎西家有一把祖传下来的琴，他便经常把琴带在身上，对着蓝蓝的天空弹奏。此时，拉萨便往往会默默地陪伴在他的身边，偶尔望着远方发出一阵轻声的嘶鸣。

拉萨是扎西的爱将，是一匹纯种的蒙古马。因为对拉萨的向往，所以扎西便给它起了一个拉萨这样的名字。拉萨的前肩很宽，颈子也很长，但肚子却很小，身型也很消瘦。但就是它，却让扎西在每次的草原赛马大会上都能折取桂冠。扎西和拉萨，基本上是朝夕相处，因此对彼此都非常地了解。可以说，他们俩完全做到了"人马合一"这一每一个赛马人都梦想达到的境界。

扎西的奶奶已经年近八旬了，奶奶也很喜欢听扎西弹琴。一天，正在听扎西弹琴的奶奶把扎西叫到了身边，拿出了一块绿色的玉，对他说，孩子，这是我唯一值钱的宝贝，如果你真的想到拉萨去，就把它买了换作路费吧。奶奶年纪大了，可能不久以后就要去了，扎西拥着奶奶，说，奶奶，这可一直都是你的宝贝啊。奶奶笑了笑，说，傻孩子，只有你才

是奶奶真正的宝贝啊。

扎西去找人买玉。他想尽快把玉换成钱，好启程去拉萨。

扎西找了好多人，却都没有谈成。扎西的心很急，每次出去卖玉，扎西都牵着拉萨。好多次，拉萨都望着某一个方向嘶鸣。

一天，有一个人来到了扎西家，说是要买扎西的玉。那人看了看之后，故意很平淡地对扎西说，玉质很一般。扎西问他能出多少，那个人伸出了两个手指头。扎西当即就要把那玉收回来。那人忙又多竖起了一个手指头。

扎西的奶奶看了看扎西，说算了吧，就卖给他吧。扎西望了望奶奶，只有无奈地从那人手中拿过了一叠钱。扎西看到，当他把玉交给那人的时候，奶奶的眼神好久好久都没有收回来。

有了钱，扎西就开始准备到拉萨的事宜。拉萨那几天也明显地兴奋了起来，它不时地在地上刨着蹄子，似乎心情很是急切。

几天后，扎西就牵着拉萨出发了。因为想让拉萨和他一起到拉萨去表演，他们俩便只能走路。离家出发时，扎西看到奶奶突然闪现出来了一抹忧郁的眼神。扎西想，回来之后一定要好好地给奶奶弹奏一曲她最喜欢的曲子。

一个月后，扎西到了拉萨。他先在几个小型的场合表演了自己的马术，没多久就取得了轰动效应。然后，扎西就开始准备在拉萨最大的北郊赛马场举办自己的个人马术表演。

那一天，来了好多好多的人。当两匹深灰色的骏马迎面飞驰而来时，骑在拉萨背上的扎西向右侧倾斜身体，只用一条腿吊在马蹬上，另一条腿笔直伸向空中，然后两只胳膊和头朝下，整个身体随着拉萨有节奏地颠簸着。迎面而来的两匹马疾驰如风，眨眼间到了扎西面前。而扎西和拉萨，则从那两匹骏马之间，仅有的五十公分的间隙中，飞驰而过，还随手捡起了放在地上的一条哈达。

观众席随即爆发出热烈的掌声。

扎西成功了，他和他的拉萨都成功了。

但在成功后，扎西却不时地想起奶奶那抹忧郁的眼神。他决定尽快回草原上去看看奶奶。

当扎西和拉萨回到了家里时，扎西的舅舅正在他的家里。扎西看到，奶奶已经躺在了床上，一睡不醒了。

　　扎西很悲痛。他问舅舅，怎么奶奶这么快就去世了？舅舅看着扎西，心痛地说，孩子，你还真不知道是什么原因吗？扎西摇了摇头。舅舅说，孩子，你知不知道，你奶奶给你拿去换路费的那块玉，可是她的护身符啊。你奶奶刚出生时，给她取名的活佛就把那块玉给了她，并叮嘱说，只有那块玉一直在她的身边，她才会永保安康。扎西听了，当即就跪倒在地上。拉萨在他的身后，也用力地用蹄子刨着地。

　　扎西找到了那个买玉的人，说明了来意。那人伸出了五个手指头。

　　以后，扎西就在每天的清晨，都和拉萨来到草原上，静静地弹着琴。草原还是那样的静，只有雄鹰，仍一直都在高高的天上飞翔。扎西觉得，琴弦上发出的声音，就是奶奶的灵魂永远都会在高空中注意得到的东西。

　　我听了这个故事之后，也感觉到，原来人的灵魂，也是可以附着在琴弦上的啊。

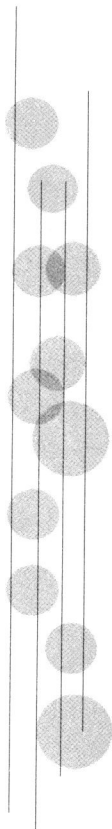

决 斗

茶马古道。打箭炉（今康定）至拉萨。

扎西和次洛并辔而行。

扎西跟着次洛，已经半个月了。次洛是一个从打箭炉运茶到拉萨去的马帮首领，他的马队有十多个人和几十匹马。扎西则是离打箭炉不远的一个地方的山寨头目。

半个月前，扎西得到线报，说是有一桩大的买卖，如果成功，将收入不菲。他听了，就马上带着兄弟们行动。果然，在次洛刚从打箭炉出发不久，就被扎西给跟上了。

次洛是第一次跑茶马古道。但当扎西的人马一出现在他的马队身后时，他就明白了扎西的意图。

但次洛却一直不动声色。刚开始的时候，扎西的人马一直都不紧不慢地跟在次洛的马队后面，后来，扎西干脆策马前行，和次洛一起走在队伍的前头。

次洛知道，扎西这样做有两个目的，一是想向他证明，自己的队伍是有实力的，二也是想向其他的强盗说明，这单买卖我已经占先了，请其他山寨不要再打这支马队的主意。

次洛就这样与扎西一起走着，不紧不慢，似乎很悠闲。

一天，到了一处高山之下，次洛招呼自己的队伍，大家全都停下休息，喝一会酥油茶，吃一点糌粑。整个队伍全都开始在山脚下生火热茶，扎西也吩咐自己的人马暂时停下来。

两队人马仿佛就像一个整体，不仔细看，还真的看不出什么来。

大家都吃得差不多了，次洛走向扎西，对扎西说，喝一点酥油茶？

扎西点了点头，接过次洛递过的茶碗。

次洛说，吃一块糌粑？

扎西接过糌粑。

次洛说，半个月了吧？

扎西点了点头。

次洛望着扎西，说，你们山寨生意不错啊。

扎西终于开口了，说，还行。

次洛望着远处的雪山，说，我知道，你是势在必行。

扎西又不再说话，只是望着次洛。

那决斗吧。次洛说。

扎西抬起头，好像很意外。

次洛说，我们两人决斗，可以避免其他兄弟的伤亡。我输了，这里所有的茶，你全带走；你输了，今后我在这条道上走，你就不能再打我们马帮的主意；打平了，我们结拜为兄弟，你还必须加入我的队伍。

扎西有点犹豫，说，按规矩，决斗应该是两个强盗为争一票买卖，才必须进行的。而现在，这里只有一个强盗。

次洛微笑着看着扎西，说，那你就把我也看作是一个强盗吧。

扎西站了起来，看着比自己低了一个头的次洛，说，这样，你可能会吃亏的。

次洛骑上马，抽出腰间的藏刀，摆好架势，说，没问题。

扎西已跃上马，抽出了藏刀。

余下的人，全都围在两人的周围，中间空出了一块场地。大家都屏住了呼吸，除了马蹄的声音，几乎连空气都凝固了。

次洛和扎西同时策动了胯下的马。

两道寒光闪现，就犹如两道在空中舞动的白练。藏刀的身影在瞬间就充斥了所有人的眼。两匹坐骑在两人的身下，急速地跟着节奏移动，仿佛一场早就排练过的演出。

突然，马蹄声停了下来。大家看到，次洛和扎西，都同时把自己的藏刀架在了对方的脖子上。

两人动也不动，都只是默默地看着对方。

全场的人，都睁大了眼。

扎西的眼神里，完全是一副不相信的神情。良久，他才缓缓地说，不可能，我们之间不可能战成平手！

次洛的笑意又涌现到了脸上。

　　扎西冲着次洛说，你知不知道，这么多年来，只有十五年前，才有一个运茶的马帮首领和我战成了平手。其他的人，全都是我的手下败将！

　　次洛说，这我知道。

　　扎西望着次洛，惊惧地说，你怎么知道？

　　次洛说，那个和你曾经战成平手的人叫普布，是不是？

　　扎西不再说话。

　　次洛又说，普布是我爸。

　　扎西低下了头。

　　次洛说，按惯例，我们战平了，是应该结拜为兄弟的。

　　扎西摇了摇头，说，只有两个强盗战平了，才能结拜为兄弟的。我是强盗，而你不是。

　　次洛说，不知你听没听说过拉萨附近，有一个叫达娃的强盗头子？

　　扎西望了望次洛，说，知道。

　　次洛说，达娃就是我的另一个名字。

　　扎西当即张大了嘴巴。

　　顿了一会儿，次洛说，我也是上个月才被我父亲说服，开始真正地做生意的。

　　扎西惊讶地望向了次洛。

　　随后，两人翻身下马，用手指拉勾。在藏民族的习俗中，人的手指是与心脏相连的，手指拉手指，就代表心连心。

　　从此，茶马古道上就多了两个兄弟，少了两个强盗。只是有一个情况，可能除了次洛和扎西，永远都没有人知道。其实，当时次洛和扎西的刀同时架在对方的脖子上的时候，次洛的刀，离扎西的脖子更近。

在布达拉的凝视之下

　　他和她这辈子都只有一个心愿，就是能在布达拉宫广场上举行一次婚礼。

　　这个心愿，一直在他们的内心隐藏了整整四十年。

　　那时，他和她，都是单位上研究藏文化的骨干。他主要研究藏族风俗，她主要研究藏族历史。

　　他和她的结合，完全就是因为布达拉宫。

　　那时，她刚大学毕业走上工作岗位，有一个有关布达拉宫的谜团一直未能解开。她冥思苦想了好久，都是没有一点头绪。正当她准备亲自起程到西藏的时候，有人给她说，不妨问问他。于是，她就去问了。一问，他还真的知道。这样，两人就认识了。

　　认识后，两人很快就确定了恋爱关系，并决定尽快结婚。他们决定去旅行结婚，目的地就是布达拉宫。那时旅行结婚还是一个新鲜事物，周围的人听说后都感觉非常的稀奇。没多久，大家就都知道了。两人兴冲冲地做好了去西藏的准备，哪知，刚要动身，文化大革命爆发，有人马上揭发，说他们想到西藏去搞破坏活动。两人就同时被立即收押。

　　文化大革命一搞就是十年。在这十年里，两人历经磨难，受尽折磨。但彼此之间，因为一个共同的梦，所以就还是一直在以对方的存在作为自己继续支撑下去的理由。终于，两人都坚持了下来。

　　这时，他和她都已人到中年。但彼此对对方，却依然是十年前那样的感觉。于是，他和她再次准备结婚，地点依然是布达拉宫。

　　但那时国内的人才匮乏。两人一落实政策之后，都马上成了本单位的业务骨干。在他们把到西藏的事刚又准备好之后，他的单位下了一份文件，通知他立即到国外的一所大学进修三年。

　　这样，他就到了国外。在国外三年，他的研究成果得到了同行的一

致认可。期满，他被一所世界著名的大学邀请，到该校任教。后来，他又把她接了出去。

这样，他们就一直和布达拉宫，渐行渐远。

但是，两人的心里，却一直都有一个没有任何改变的梦。这个梦，一直延续到了四十年后。

四十年后，两人都老了。他和她，都成了著作等身的著名学者。两人的研究成果，基本上全是围绕着西藏来开展的。他们在各自的领域，都受到了大家的尊重。

后来的一天，某文化中心举办活动，邀请两人出席。出席时，两人都已是白发苍苍了。在请两人致辞后，主办方搞了一个观众提问。后来，就有人问了，说，二老一直在研究西藏，那请问，你们亲自到西藏去过没有？

两人一听，顿时面面相觑。

活动完成后，两人回到了家。在家里，对视良久，终于，他和她都露出了会心的笑容。

第二天，两人就买了回国内的机票。

一到国内，他们就听说，青藏铁路开通了。

他们一听，就立即决定，乘火车进藏。

来接他们的人一听，都不同意。说是乘火车进藏，时间太久，两老现在的身体，有可能受不了旅途的劳累，不如直接乘飞机到拉萨，又快又便捷。但二老都摇了摇头。

这样，他们登上了开往拉萨的火车。

火车一路前行，两人就一直默默地看着窗外，他们的眼睛，从唐古拉山到藏北草原，从可可西里到措那湖，一直都没有离开过他们能看到的高原上的任何一点事物。

但他们的终极目标，却依然是布达拉宫。

49 个小时后，他们到了拉萨。

同行的人说两老刚到高原，恐怕适应不了高原气候，建议先休息两天。二老均摇了摇头。于是，马上找车，径直到了布达拉宫广场。

一到广场，两人立即就被布达拉宫雄伟的气势给迷住了！他和她，紧紧地握住对方的手，感觉对方的掌心，都流出了涔涔的汗。他们都明白，这是激动的汗。

这时，广场上响起了婚礼进行曲。这是随行人员安排的。

而他，则身着燕尾服，挽着身着白色婚纱的她，在广场上缓缓行进。

在火车刚到拉萨时，她就已经换上了婚纱。这套婚纱，她已经准备了整整四十年！

两人手挽着手，深情地对视，感觉四十年的往事，还历历在目。

突然，她的脸色苍白，急剧地咳了起来。他连忙扶住了她，她头一偏，一口浓浓的鲜血猛地喷到了他的身上。

随行的人马上叫车。他却缓缓地摇了摇头。

大家都怔怔地看着他。

婚礼进行曲还在继续。而她，则慢慢地倒在了他的臂弯内，渐渐地一动不动。

她的脸色越来越苍白，但她的脸，则始终都带着幸福而满足的笑容。

他看着她，轻轻地在她苍白的额头上印上了深深的一吻。

半个月前，在国外，他在一个心脏病手术室外守了整整三天。后来，手术室门开了，医生无奈地向他摇了摇头，说手术并不成功，患者剩下的时间，最多不超过 15 天了。

她的身体一直很弱。在四十年前，他就知道，她有先天性心脏病。而这种病，是不宜到高原的。

他静静地看着她苍白的脸。布达拉宫就在他们的身旁，默默地凝视着他们，见证着他和她的爱情。

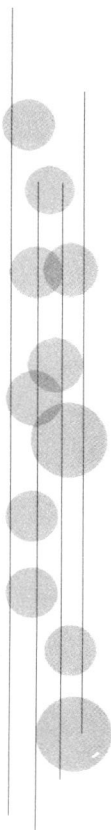

夏日的最后一朵玫瑰

我站在床前，手里拿着一枝玫瑰，上面开着一朵鲜艳的花。花的清香沁人心脾，央吉却静静地躺在床上，一动不动，只是眼角流出了两行清泪。

我把花凑近她的鼻孔，她毫无反应。我轻轻地附在她的耳边说，央吉，我给你买到你最喜欢的玫瑰花了。她的泪却还是流个不停。

这泪已经淹没了我。这时，医生走了过来，叫我去他的办公室。他问我，你决定了吗？我没有说话。医生叹了一口气，说，你真的要想好，稍有不慎，可就要出大事的啊。我望着医生，头脑一片空白。医生说，你是什么时候发现她流泪的？我说，昨天上午。他又问，你真的看到她从昨天上午一直流泪到现在？我点了点头。医生用一种不可思议的语调说，真是奇怪啊，一个重度昏迷的人，怎么一听到要做手术，就一直流泪呢？我说，医生，是不是央吉有意识了？医生摇了摇头，说，根据仪器显示，她目前还是处于以前的那种重度昏迷之中。你还是再想想吧，不过要尽快拿一个决定出来。

我回到了病房。我出去时把那朵玫瑰放在了央吉的脸庞边。一回来，我发现玫瑰的花瓣上竟落了两滴晶莹的如雨露般的液体。我一手拿起玫瑰，一手握住了央吉的手。

央吉之所以造成今天这种昏迷不醒的现状，全是因为我。几个月前，有一天央吉说有人对她讲，说附近的山上有一丛野玫瑰非常好看，问我有没有空去给她摘一些回来？从小在这个边远得甚至连玫瑰都不产的西藏乡镇里长大的央吉，自小就没有见过玫瑰，因此她一直以来都非常渴望能拥有一束玫瑰。不过这时我正遭遇着事业上的不如意，因此，我说，跑到山上去摘一束野玫瑰？无聊！当时央吉就没有再吱声了。不想，第二天下午我就在医院里见到了央吉。原来她还是想拥有一束玫瑰，所以就瞒着我，一个人偷偷上了山。那山海拔4000多米，山陡路险。她上山之后，一不小心，就摔了下来，头还撞在了一棵树上。当一个放牧人发现她时，她已经受重伤从而昏迷不醒了。

所以，一直以来，我都很自责。我每天都守候在央吉的身边，希望她能早日康复。但在十天前，在对央吉进行了一番例行检查之后，医生却对我说，央吉竟然已经有了四个多月的身孕！医生还说，目前病人的情况本来就很危险，因此，如果要小孩，央吉的生命将有可能在生产的时候保不住！在考虑了几天后，我对医生说，那就动手术，保大人！

这一段时间，我每天都有与央吉谈心的习惯。虽然每次都是我一个人在说，但我觉得，央吉似乎听得懂我说的每一句话。每天，我都把近日发生的事情说给她听。自从知道她有孩子后，我也把这个消息给每天都给她说一次，征求她的意见。虽然我明知道她听不见，但我想，孩子是我与央吉共同的孩子，我有义务让央吉知道自己孩子的命运。但在昨天上午，当我把自己不要孩子的决定给央吉说了之后，我却发现，她的眼角竟流下了两行晶莹的泪！而那时，我刚托付一个到县城的同事，叫他一定要去县城里的花店给我买一束最新鲜的玫瑰回来。

我发现，只要一提到做手术那几个字，央吉的泪就越流越多。我有点惊讶，问了医生，医生们也感到不可思议，说是从来没有遇到过这样的事。

我把玫瑰放在央吉的脸上，那两滴晶莹的液体慢慢融入了她脸上的泪痕之中。我说，央吉，我怎么能再让你一个人去冒那么大的险啊。我叫同事到县城里去给你买了这支玫瑰，听同事说，他买到的还是今年夏天整个县城里最后的一朵玫瑰了。我真希望你能像这玫瑰永远鲜艳啊，所以，央吉，我真不忍心再让你去冒险了啊！否则，我会自责一辈子的！我握着她的手，她的手冰凉冰凉的，只有源源不断流下的泪，才是暖暖的。

我哽咽了。我试探着说，央吉，那我们把孩子留下来？我发现，央吉眼边的泪竟马上就少了很多。我紧紧握住她的手，说，但我真的不希望你再出事啊，央吉！她的泪又马上汹涌了起来，如潮水般，冲刷着我的心房。

我擦了擦自己的眼角，说，那好，我马上就去找医生！我将她的手放在被窝里，然后亲了亲她的脸颊。我看到她的眼角已完全停止了流泪。我转身走出了病房，向医生办公室走去。

那朵玫瑰，那朵夏日里的最后一朵玫瑰，静静地躺在央吉的身边，默默地陪伴着她。

阳光倾洒下的爱情

拉萨，我，端木小柔。

布达拉宫广场上，阳光很妩媚，我和端木小柔轻轻地行走在广场上的小桥流水边，感觉心情还不错。

端木小柔是一个很"小姿"的女人。她一边走，一边用手轻轻地摆弄着胸前的一朵花，很幸福很惬意的样子。那是她刚刚在广场上偷来的一朵格桑花，淡黄，拇指大，像极了端木小柔现在的神态。她在摘花时，我在旁边悄声说，你就不怕广场上的管理人员？她却撅了撅嘴，说，怕什么怕啊？广场上那么多花，摘一朵有什么了不起？况且，鲜花配美女，我摘下来，也是为了把它装扮在我的身上，也没有辱没它吧？我笑笑，说，听起来好像还是这花沾了你这个大美女的光啊。她头一摆，说，当然了！然后就将花别在了自己的胸前，又挽起了我的手。

说实话，在她摘花时，我还真是有点提心吊胆，害怕管理人员突然上前，抓住了我们。

端木小柔是与我私奔到拉萨的。至少我是这样认为的。

我与端木小柔一谈这个话题，她的脸色就会很凝重，然后老爱说我，你看你，又用什么"私奔"？这字眼多不好听，弄得我们好像有多不正当似的！我就总是揽着她的腰，说，有什么不好听？这事实就如此嘛。她这时就会把手特意弄成兰花指的模样，然后轻轻地掐掐我的鼻梁，故意嗲声嗲气地说，没办法，谁叫你这么有魅力呢？我不和你"私奔"都会觉得可惜了我的后半生了哟。但说完后，脸色就会又回归凝重。

拉萨的阳光就是慷慨，对任何一个来这里的人都毫不吝啬。我和端木小柔走在拉萨的阳光里。我希望她的心情会像倾洒在我们身上的阳光一样，轻柔得想飞。

在我和小柔轻轻依偎在广场上的一个小湖边看里面的一对鲜艳的鲤

鱼游来游去时，她的手机响了。

小柔的手机是最新款的摩托罗拉"女人派"，像她的人一样，娇小玲珑，红颜色的，像拉萨的阳光一样妩媚。

但是小柔在接听电话时，神情却很不好。她看了看我，就走到了一棵树后，一个人接电话。

我刚才的好心情也随着小柔现在的神情而烟消云散。我知道，这个电话一定是小柔的前夫吴强打来的。

终于，她从树后又转出来了，小小的手机被她紧紧地攥在掌心，好像一个无助的孩子，在可怜地看着妈妈。

她走向我，不说话。我说，为什么要到树后面去接电话呢？这树虽说可能有几百年了，但却也不过仅仅就是一棵树啊，它能遮挡什么？又能承担什么？

端木小柔却不看我，却只是怔怔地看着广场的一角。

我感觉自己的语气好像有点重了。

端木小柔却拉起了我的手，说，走吧，我们到步行街去看看。

拉萨的步行街宇拓路，就在布达拉宫广场旁边。

两分钟不到，我们就到了步行街。

步行街上人不多，即使现在是周末，也没有几个人。我认为小柔是要在步行街上的商场里面逛逛，散散心。这里有许多商场。但她没有，她只是一直拉着我的手，就像刚才攥着手机那样，紧紧的，让我和她的手掌没有一丝丝的空隙，似乎生怕我一不小心就跑掉。

拉萨的阳光大了起来，我感觉到她的手心里渗出了涔涔的汗。

她不说话，就是一直拉着我，在步行街上一圈圈地逛。在我确认她已经逛了至少有十圈的时候，她指着步行街直通的大昭寺广场，说，我们到那里去吧。我听了，照例不说话。我从来都不是一个多嘴的人。这也是端木小柔喜欢我的原因。她曾说，男人是干事业的，不是用来说废话的。话多的男人就是一个绣花枕头。而我，则恰好不是一个话多的人。

到了大昭寺广场上，看到了许许多多转经的人。这个广场明显比布达拉宫要小，但人却是熙熙攘攘。端木小柔一直紧紧地攥着我的手，在密不透风的人群里往前面挤。我不知道她要到哪里去。但我还是不问。我知道她肯定有她自己的想法。果然，到了大昭寺前面的一个地方，端木小柔就撇下了我的手，然后，定定地站在了一个地方，还轻轻地闭起了眼睛。

　　我不明白她这是为了什么。但我依然没有问。我看到端木小柔脸上长长的睫毛在她闭上眼睛后就一直在抖个不停。我上前，用我的食指，轻轻地为她捋了一下那些好看的睫毛。端木小柔却抓住了我的手，然后用力地握了一下，之后，她就放开，抬起了自己的一只手，伸出了一个手指，向前走去。

　　我看到，在她的前面几米处，就是大昭寺厚厚的墙壁。

　　我站在原地不动。我看到端木小柔一直在往前走。

　　突然，她撞到了一个人的身上。那是一个金发碧眼的外国男人，高高的个子，大概是因为一直在用相机给大昭寺照像，所以没有注意。这样，两人就撞在了一起。

　　端木小柔也是一个趔趄，我想上前扶住她，但她已经在瞬间就站稳了。外国男人连忙对她说着"sorry"，端木小柔却并不睁开眼，只是脸上笑了笑，表示并不介意。那外国男人看了看她闭着的眼睛，就伸出手，似乎是想扶她。端木小柔在外国男人的手刚扶着她的手臂时，就连忙摆手，说"No"，然后又说"Thank you"。外国男人怔了怔，看了看她的前方，之后就咧嘴一笑，走了，好像是明白了什么。

　　我看到端木小柔又站直了身子，然后，抬起手，伸出一个指头，又向前走了过去。这之间她一直都没有睁开过眼睛。

　　她一直向前走，似乎根本就不知道前面是一堵厚厚的墙。

　　终于，她的手触到了墙上，然后，她就停了下来。

　　我看到，端木小柔的脸上浮现出了一种奇怪的表情。她怔怔地呆在那里，良久，眼角竟流下了一串串的泪。

　　端木小柔的手指，正按在大昭寺墙上的一个小洞旁。我老早就知道，拉萨有一个说法，就是如果有人闭着眼在几米开外向大昭寺的墙走去，如果手指能落在墙上的那个小洞里，那肯定就会心想事成。

　　但我看到端木小柔的手指，却并没有落在那个墙上的小洞里面。

　　端木小柔脸上的泪，竟是越流越多。

　　我上前，拉过她的手，说，算了，反正吴强也就是那样了，能有什么办法呢。

　　她摇了摇头，眼泪却还是流。

　　一年前，我还未与端木小柔认识时，她有一次出差，回去时，她一进家门，就像所有老套的爱情故事一样，发现吴强和另一个女人在床上。

　　端木小柔当即就和吴强离了婚。几个月后，我认识了她。后来，端木小柔就和我一起，来到了拉萨。

　　但到了拉萨后，通过种种渠道，端木小柔竟了解到，原来，那天吴强与另外一个女人的事，竟是他自己故意导演给她看的！再后来，端木小柔又了解到，吴强竟然已经得了艾滋病一年多！

　　吴强得艾滋病，是因为他是一个医生，而且是一个专门给艾滋病人看病的医生。在一次给一个艾滋病人动手术时，他不小心用手术刀划破了自己的手指从而感染上了艾滋病毒。但是这些，吴强却从来都没有给她说过。

　　后来，端木小柔就常常怀念起了吴强。即使是与我在一起都这么长的时间了，却还是这样。所以，我就调侃地说，我和她，是"私奔"来拉萨的，我们是背着吴强"私奔"来拉萨的。

　　端木小柔在那个小洞前呆站了好久，然后，又拉起我的手，说，我们回去吧。

　　我说，现在还早呢。

　　端木小柔说，我是说我们去买飞机票，回内地吧。

　　我看着她，发现她脸上的一滴泪竟落在了她胸前一直别着的那朵格桑花上，晶莹剔透的，透着拉萨的太阳光。那朵格桑花的颜色，竟像极了阳光的色彩。

　　我点了点头，说，好吧，我马上去买。

　　这天，我一个人去买了飞机票。不过，我只买了一张，是专门给端木小柔专门买的。我想，等她到内地陪吴强走完了最后的那段岁月，我再另买一张，去与端木小柔相会。

　　拉萨的阳光倾洒了下来，端木小柔的影子，在我的面前竟是越来越清晰。虽然我知道，她现在已经在飞机上，和我相隔千里。

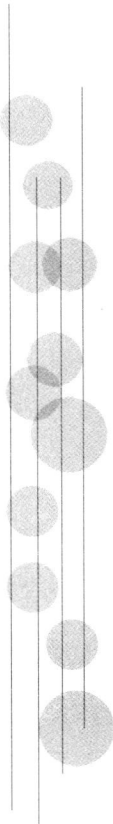

忽然天好蓝

在一个炎炎的夏日，她一个人义无反顾地骑着一辆自行车就出发了。目的地，是西藏。

她骑着自行车，从成都启程，然后过二郎山、过雀儿山、过邦达草原，一路前行，向着拉萨进发。

在到了昌都时，她突然看到了一个磕长头的女人。那女人走三步退两步，样子很虔诚。她觉得很有意思，就一直跟在她的身后，慢慢地踩着自行车的踏板。

更让她觉得有意思的是，那女人的身边，竟跟着一条胖乎乎的小狗。她感到很奇怪，想磕长头的人，怎么会带一条狗在身边？问了一路同行的一些人，有人给她说，那不是狗，是一条狼！她一听，当即就吓了一跳！后来大家就给她说了一件事。原来，这女人本是牧区的一个牧民，一天晚上狼群袭击她家的羊群时，她们全家打死了一头母狼，没想到母狼带着一个小狼崽。看着狼崽没有母亲，女人又不忍心杀害它，于是就把它带到家里养了起来。

她听了，真是惊得目瞪口呆。她看着那狼崽，觉得它可漂亮了！一身麻黄色的绒毛，肚子明显比身子大，嘴比狗长一些，眼睛有些灰蓝色。这只胖嘟嘟的狼崽，让她眼睛都直了。

不过同时，她的内心里也产生了一种强烈的疑问，那就是难道这女人就不害怕狼崽长大后，对她自己不利？毕竟狼是肉食者啊，它的天性中就有一种肉食动物嗜血的本性。

从昌都开始，那女人就一直在往前走。有时她故意想搭讪，但女人都不理她。她认为女人肯定对她有所防备，毕竟自己是一个陌生人，而且，还这么奇怪地跟着她，说不定还认为自己对她有所企图呢。就这样，女人在磕着长头，而她自己则走走停停。川藏线上出现了一幅奇怪的场景。

一天，她们到了一座玛尼石堆边。她看到女人终于停了下来，然后，就拉开腰上拴着的一个布袋子，拿出了一些糌粑开始吃。她看着女人的吃相，感觉到了她的辛苦。她仔细地看着，但女人却似乎并不在意，仍是自顾自地吃着，还吃得很是香甜。

但是，就在某一刻，应该说是在一个瞬间，她却惊呆了！原来，她看到在那女人因为磕长头而弄得脏兮兮的脖子上，竟然挂着一个东西！那个东西，凭她一向对西藏饰物的研究（她是大学考古专业毕业的，后来专门研究西藏的古饰物），她知道，那就是西藏民间价值连城的九眼珠！一般的九眼珠，随随便便都可以值个几十万。而这个女人脖子上的，她一看就是珍品中的珍品！

她的眼睛都有一点直了！她不明白，为什么这个女人竟把如此值钱的东西就直接挂在自己的脖子上？而且还是一个人单独出行。

这天晚上，到了一个小镇。她看到女人在一家旅店的门前屋檐下躺了下来，准备睡觉。她看了，觉得有点心疼，就对老板说，给那女人开一个房间，让她进来住。老板却说没有房间了。她踌躇了一下，就走了过去，对那女人说，你今天晚上和我住一个房间吧，我们俩个睡一张床。那女人却怔怔地看着她，不说话。她看着妇人的眼睛，突然想，是不是女人对自己有戒心？毕竟，她的脖子上的九眼珠可是那么的值钱啊。于是，她感觉到了自己的唐突，同是地觉得有些难堪，似乎自己已经变成了贼。她只好不好意思地独自一人进了房间。

半夜里，却下起了大雨。她从梦中惊醒，听到"哗哗"的下雨声，突然就想到了那个女人。那屋檐很窄，能为她遮风蔽雨吗？她有点担心。于是，她起了床，到了旅店门口。一看，那女人果然全身都被雨淋透了，包括那条小狼，都正在寒风中瑟瑟发抖。她慌忙拉着她，在女人还没有反应过来的时候，就让她进了自己的房间。女人躺的屋檐，就在她的房间外面。很近。

一进房间，她连忙从包里拿出自己的备用衣服，递给她，让女人换上。女人这次还是没有说话，只是默默地接过了她的衣服，然后再脱下自己身上的，开始换。

在换衣服的时候，她好像是不经意地就把那枚九眼珠放在了她的身边！她站在那里，只要一伸手，那枚九眼珠就唾手可得！她看着换着衣

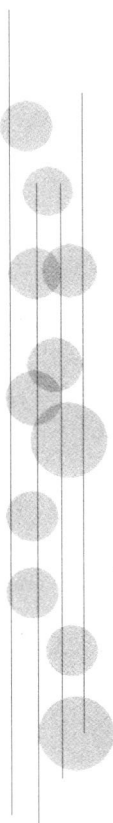

服的女人，想，难道她不提防我了？

等女人换好衣服，她站在一边，对她说，好了，你在床上睡一会儿吧。没想到，女人竟只是睁着大大的眼睛，看着她，仿佛对她所说的根本不懂一样。她想，是不是刚才把她冻得太过厉害从而神志不清了？于是，她就又重复了一遍，说，你睡一会儿吧，暖暖身子。女人却还是怔怔地看着她。

她看着女人，想，这女人怎么了？突然，她看到女人张开了嘴，发出了一连串"噜噜"的音符。她这才恍然大悟！原来，这女人根本就不懂汉语！难怪一路上她跟她说话，她都不理她呢。

她马上觉得自己有些神经过敏。这时，她看到了女人脖子上戴着的那枚价值连城的九眼珠，又看了看房间里那条正在跑来跑去的小狼，心里就为自己曾经想过的有关"动物嗜血"的理论感到有些好笑。她想，一个连人都不防备的民族，又怎么会对动物防备呢？

她终于恍然大悟，明白了女人身边为什么一直都跟着那条小狼。她突然感到西藏的天好蓝，虽然现在是在黑夜，但她仍然有这种强烈的感觉。

你为什么不叫卓玛

拉萨的大街上有许多擦皮鞋的小摊子。卓玛在布达拉宫广场边上，也拥有一个这样的小摊子。

每次到布达拉宫广场，就都会在离白塔不远的一个地方看到卓玛。卓玛人很黑，不算高，一眼看去，跟普通农牧区姑娘没有多大的分别。

一般情况下，只要我经过卓玛的摊子前，她都会热情地招呼我，老板，擦擦皮鞋？大多数时候，我都是歉意地向她微笑一下。她看了，脸上依然带着笑意，说，那下次吧，欢迎你再来。去的次数多了，我感觉卓玛似乎已认识了我。

一天，我又经过卓玛的摊子前。卓玛看着我，还是说，老板，擦擦皮鞋？我看了看她周围，发现这天的游人很少，卓玛似乎已经好久没有客人了。于是，我就坐在了卓玛对面一条她早已准备好的小凳子上，说，好吧。卓玛看我坐了下来，马上就拿过两个塑胶袋子，托起我的腿，亲自给我脱下鞋，并把袋子套在了我的脚上，然后说，老板，麻烦你先等一会儿，几分钟就好。说完，她就低下头，开始擦鞋。

我看着她，说，你好像干这行好久了？我都经常在这里看到你呢。她一边擦，一边回答我，是啊，初中毕业，我就到拉萨来了。干这个都已经五年了。

正说话时，一个女孩站在了我们的身边。女孩穿着很洋气，人也很漂亮。我认为她也是来擦皮鞋的，就说，看来你生意还不错，还有人排队呢。

卓玛抬起头，却叫了出来，德吉，是你啊？那女孩就点了点头，说，上次不是听说你过两天要回老家去吗？帮我带一点钱回去吧。说着，就从挎在腰间的一个精巧的小包里，掏出了一些钱。卓玛伸手接过，说，好的。我一定交到你爸爸妈妈手里。德吉说，谢谢了。卓玛摆摆手，说，

我们一齐出来的，你还客气什么啊。德吉就在卓玛的后背拍了拍，很亲热的样子，然后就转身走了。

看女孩走了，我说，你们是老乡？卓玛点了点头，说，我们还一齐到的拉萨呢。我说，看样子，她好像过得比你好啊。卓玛说，是啊，好像是吧。那她是干什么的？我问。卓玛顿了一下，才说，干什么的？和我干的也差不多吧？说完，她就不再言语，只是用心地擦鞋，不一会儿，她就把皮鞋递给了我，说，老板，擦好了。两元。

我接过鞋子，就有另一个人站在了我的身边。我连忙站起身，让那人坐下。

那天傍晚在广场上转时，我的眼前老是有一张黑黑的脸和一张洋气的脸在闪现着。

此后好长一段时间，我都没有到广场上去，也就没有再见到过卓玛。

后来，有一天终于又闲了，我就又去了广场。但在白塔附近，却没有再见到卓玛的小摊子。

我在广场上闲逛。在广场上的小湖边，突然，我看到了在湖边站着一个很眼熟的漂亮女孩。

我走过去，在经过她的身前时，我突然想起了一个人，于是，我就喊，德吉。女孩惊讶地转过了头，看着我，一副惊讶的神情，问，我认识你？我笑笑，说，你可能不认识我，但我却认识你。女孩听了，却不再惊讶，只是呆呆地低下了头，说，也是，我们这种人，你认识也是应该的。语气间似乎很有些颓废忧郁。我说，卓玛呢？

女孩呆了一呆，说，卓玛？我补充说，在白塔附近擦皮鞋的那个卓玛，你们不是老乡吗？她听了，似乎回过了神，但却没有马上回答我，只是扭过头，又痴痴地盯着小湖的水面，良久，才又说，她不会回来了。

我也站在小湖边，不说话。我在怀念卓玛给我擦的那双皮鞋。说实话，那擦得可真是不错。

过了一会儿，女孩却突然问我，说，老板，你需要服务吗？我望着她，感觉有点意外，说，你也会？她点了点头。我说，在这里？但没看到你带工具啊。她看着我，面无表情地说，那你跟我来吧。

说完，她就向前走去。我只好跟在她的身后。

我们离开了布达拉宫广场，到了一排房子面前。这些房子一看就全是出租房，一间间紧挨着。德吉在一扇门前停了下来，掏出钥匙开了门，然后就进去了，并开了灯，然后对我说，进来吧。

我一看里面的摆设，就明白是搞错了。

我说，德吉，你误会了，我还认为你和卓玛是干同一行的呢。

是啊，我们是干同一行的啊。德吉甩了甩自己的头发，说。

同一行？我有点好笑，就转身，准备退出。

在我刚出房门的时候，德吉却在后面叫住了我，说，你真的要找卓玛？

我说，找不找也无所谓，我只是她的一个小主顾而已。只是刚才见到了你，想到你们是老乡，就顺便问了一下。没想到……

德吉却摇了摇头，叹了口气，说，但愿你能找到。然后就从后面关了门。

我出来，天色已经完全黑下来了。我在小房子外面的路灯下呆了好久，站在那里，呆呆的，不知心里是什么滋味。

突然，我听到一阵警车鸣叫声从我的面前经过，一会儿，小房子周围就乱成了一团。

我站在那里看着。不久，就看到好多警察扭着一些衣冠不整的人出来了。

那些人都很狼狈，都用手捂着脸，我发现，德吉也在里面。但她却仿佛并不在乎，甚至还昂首挺胸地在警察的面前走着。我摇了摇头。德吉似乎也看到了我在摇头，她的脸上却露出了一副不屑的神情。

最后一个出来的，她的头垂得最低。但在昏暗的灯光下，我却突然发现了那个熟悉身影。

我走上前去，喊，卓玛，怎么是你？

那人慌忙地向我这边看了看，然后就用双手死死地捂住了自己的脸，说，你看错了，我不叫卓玛。我走上前，一把拉开她脸上的手，说，你不是卓玛是谁啊？你就是那个在白塔附近擦皮鞋的卓玛啊。她却还是死命地护住了自己的脸，说，你真的看错了，我不叫卓玛！你为什么不叫卓玛？我有点生气了，用力地扯着她的手。

这时，警察上来，对我说，先生，你有事吗？

我突然冷静了下来，说，哦，可能是我搞错了。

警察开车走了，带走了一群人。我呆呆地站在了原地。

第二天，我看到报纸上报道了一则新闻。新闻中说，昨天在全市的

扫黄打非行动中，抓获了一大批从事淫秽活动的人员。但奇怪的是，当问一个被抓的女孩叫什么名字时，她却死活不说。后来，警察从她身上找到了身份证，才知道她叫卓玛。不过，令警察更为惊讶的是，即使是搜出了身份证，那女孩也还是不承认她就叫卓玛。最后，那女孩竟然当着警察的面，咬舌自尽了。报道说，那女孩当场就咬下了自己口腔内几乎能咬到的全部舌头。当时，就血流如注。后来，警察连抢救都来不及了。

我看了新闻，却是无言。我想，这个时候，可能只有我知道她为什么不叫卓玛。

因为卓玛是仙女的意思。

藏 香

我留恋那一抹藏香。

那天早上很冷，我正在拉萨的大街上漫无目的地闲逛，对面走过来了一个藏族小女孩。她的手里拿着一些包装精美的东西，一见到我，就用生涩的汉语问我，叔叔，要不要藏香？

小女孩很漂亮，声音很甜，浓密的头发乌黑发亮，看上去就像一个洋娃娃，我一下就喜欢上了她。我弯下腰，轻声对她说，小姑娘，叔叔现在不需要藏香，但叔叔可以买一点。

小女孩看了看我，眼神中露出了一丝丝的狐疑。

我问，多少钱一盒？

小女孩顿了一下，说，七元。

我掏出了钱，递给她。

小女孩却不接。她说，叔叔，既然你不需要，那就不买了吧。

我笑了，说，叔叔是心疼你这么小的孩子这么早就在大街上卖东西，所以想帮助你一下。边说，边把钱往她身上递。

小女孩却仍是不接。

我望着她，说，怎么了，不做叔叔这笔生意？

小女孩听了，摇了摇头，说，叔叔，你误会了，我的藏香，是专门为需要它们的人生产的，不需要的，买去了也无用。

我"噢"了一声，说，还有这种说法，卖谁不是卖？

小女孩说，其他卖藏香的人，有没有这种卖法我不知道，反正我的，是这样。

我好奇了，问，为什么？

小女孩眨了眨她那好看的大眼睛，说，因为这些藏香，是我自己做的，我想把它们卖给最需要它们的人，发挥出它们最大的价值。

我说，原来是这样。我觉得这小女孩很有意思。

之后，我就向小女孩挥了挥手，说，祝你今天"生意"不错！说完，我就往前走。

我刚走了几步，小女孩又在后面喊我。我有点意外，回头，听小女孩问，叔叔，你要不要一支试试？

我看着她，再度笑了，说，行啊，不过我拿来可能没多大用处哟。

小女孩麻利地抽出了一支散装的藏香递给了我，说，叔叔，你先试试，如果觉得试过之后能找到它们的用途，再找我。

我笑了，说，行啊，不过到时怎么找你？

小女孩也笑了，说，叔叔，我一直都会在这条街上的。

我点了点头。

她转身离去，一头浓浓的黑发飘在了身后，美丽异常。

那天转完街，回到家，我的眼前都还闪现着小女孩那头浓密的黑发。我拿出了那支藏香，插在客厅的一个地方，点着，看烟雾徐徐升起。

一会儿，一股淡淡的清香就扑面而来，瞬间就弥漫了整个房间。我静静地坐在客厅里，感受着这无比醉人的清香。

那支藏香，燃了近一个小时才完。

看着那余留的灰烬，我不禁有再点一支的冲动。

第二天，我就又到了头一天碰到那个小女孩的地方。

但等了好久，都没有再见到她。问了周围的人，大家都说，是啊，以前这里是有一个卖藏香的小女孩，但今天一天都没见到她了。

以后的一段时间，有意无意，我都会到那条街上去，看能不能再碰上那个小女孩。但一直都未能如愿。

后来，因为事务，我离开了拉萨一段时间。

那天，当我从其他地方回到拉萨，进门放好行囊之后，就又上街闲逛。离开了很久，感觉拉萨还是像以往那么地亲切。

不知不觉之中，又到了那条街。

蓦然，一句问话在我的耳边响起，叔叔，需不需要藏香？

我抬头，一张脸蓦然出现在了我的面前。还是那张像足了洋娃娃的脸。

我马上回答，需要，我都等你好久了。

这次要多少？她问。

你有多少？我全要！我说。

小女孩笑了，说，叔叔，你用得完吗？

我说，因为我需要，所以，肯定就会用完。

我掏出了钱。

小女孩高兴地接过了钱，然后把带在身上的那些藏香全都卖给了我。

然后，她转身，愉快地向前走去，刚走出几步，又回过头，对我说，叔叔，谢谢你！

我摇头，说，不用。

我看着她一直向前走去。

我没有再看到她那头浓密的黑发。

在我还没有回拉萨的时候，从网上，我看到了一个贫穷的藏族小女孩得白血病正在化疗的消息。网上配发了小女孩的照片，呼吁大家对小女孩给予社会救助。

那天买的那些藏香，我后来一直都没舍得再用。但我的客厅里，却一直都留着一抹藏香的清香味。

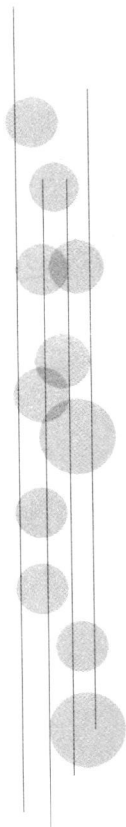

你是爱情的原因

那个冬天的雪夜，我在一棵刚刚开花的苹果树下找到卓玛，浑身冻得瑟瑟发抖。

卓玛问，你来干什么？语气中明显透着不高兴。

我递上一个用纸包着的东西。

卓玛拿过那包东西，说，什么？然后打开。我看着她打开，静静地站着，耐心地等着她说话。

她说话了。她说，什么，你拿这个来跟我干什么？

我说，卓玛，我真的是下定决心不再吸了！你一定要相信我！

你拿这个来叫我相信？卓玛拿着她手上打开着的那个纸包，里面有一些白色粉末。

我说，那是我以前没吸完的。但我决定不再吸了，为了不害其他人，就全给你拿来了，表示我的决心。

卓玛说，真的吗？说着，她就顺手拿起了那个纸包，把里面的粉末都轻轻地抖了出来。

我看到那些粉末就都如纷纷扰扰的雪，落在了苹果树的脚下。

后来，卓玛终于让我进了门。苹果树的旁边，就是卓玛在农牧区老家的房子。

我和卓玛是在拉萨相爱的。但自从我在某一天沾染上了那些白色粉末后，一切就都变了样。卓玛一气之下就离开了我，回到了农牧区老家。而在卓玛离开之后，我才感到，原来卓玛在我心中，还是那些白色粉末远不能替代的。于是，我就一次次来找卓玛。开始时，卓玛根本就不相信我。为了表示我的决心，我就把以前吸剩下的一丝白粉都拿来并让她扔掉了。

我又和卓玛生活在了一起。

某一天，卓玛去了拉萨，我一人在家。好久，卓玛都还没有回来，我就到了苹果树下，望着卓玛回来的方向。树上的苹果都成熟了，看上去，一个个娇艳欲滴，青里透红。卓玛说了，等过一段时间，就把树上所有的苹果都摘下拿去卖。她还说，这真是奇怪，一棵树就结了这么多的苹果，今年一年的，可能就有以往至少三四年的产量。我听了，有点惊奇。而卓玛说，卖了苹果后，要购置一些家用。我看到，卓玛的脸上，充满了对未来的神往。

我一直呆在了苹果树下，等卓玛回家。那天天气依然很冷，高原上的气候，真是让人意想不到。现在头上是艳阳高照，却照样飘起了雪花，还起了风。那风，一阵阵地刮进了我的脖子。

卓玛没有跟我说为什么要到拉萨去。她只是神秘地叫我老老实实地呆在家里等着她，回来后，一定会有意外的惊喜给我。

当我基本上要冻僵时，我听到了有人在说话。我抬头，看见几个人站在了我的面前。

他们呲牙咧嘴地说，说，这小子，我们还以为你能躲我们一辈子呢。

我知道，这些人就是以往那些卖粉给我的人。我的突然消失，让他们损失了一个财源，所以，就一直在找我。

我说，你们想怎么样？

一个人伸手在树上摘了一个大大的苹果，咬了一口，然后说，你认为我们想怎么样？不说别的，你还是照以往那样继续给我们买粉就行了！他刚一说完，就用力嚼了几下苹果，然后说，这苹果还真他妈的甜！

其他几个人都一人摘了一个。

我说，我现在不吸粉了，买来有什么用！而且，你们为什么自己不吸，却专门逼别人吸呢？

那人说，还他妈嘴硬，给我打！

几个人边吃苹果边围了上来，揪住我，一顿猛打。

我不吱声。但没过多久，苹果树边的门开了，卓玛走了出来。她说，你们不要再打他了。求求你们。

那群人发出了一阵不怀好意的奸笑。其中一人说，老三，给这小姐也来上一针毒针，我们的东西就多一人买了。

那群人扔下奄奄一息的我，围住了卓玛。

他们照样先打了卓玛一顿，然后，就强行给卓玛打了一针。

看到卓玛无助的样子，我的心，疼得不知裂了多少道口子。

那伙人走了，一人还拿了一个大大的袋子。他们把苹果树上的苹果，全部席卷而去。那些人边走边吃着苹果，说，还真他妈怪，这个鸟都不来的地方，苹果竟这么好吃！

我挣扎着接近了卓玛。她面色苍白地躺在地上。我抱着她，失声痛哭。

卓玛虚弱地说，你知道吗，今天我到拉萨，是到布达拉宫转经筒前去转经了。我想为我们祈福，让我们从此以后就能过上幸福的日子。

我痛哭流涕。

卓玛笑了笑，说，其实，我也曾想过要离开你，但我却一直都陪在你的身边，就是想让你在离开毒品后，还能有希望。

我紧紧地抱着了卓玛，泪流满面地说，卓玛，有了你，我才相信，这世间一直都还有让爱情继续的原因！

一个月后，听新闻说，拉萨市公安局抓获了一个既贩毒又吸毒的团伙。当警察问他们为什么既贩毒又吸毒时，那伙人说，这还不是怪那狗日的苹果！

在场的人都惘然不解。

那伙人中的一人，却做出了一副神往的表情。他说，不过，那些苹果却真他妈的好吃。

而我和卓玛，其时则正在一个工地上，开心地干着活。我们梦想，一定要在下一个冬天来临之前，举行我们的婚礼。

梦 海

　　那天，次洛站在自家牧场上，看着奔跑着的羊群和牛群，心里就觉得这些牛羊仿佛都奔跑在了蓝色的海洋上。

　　央金在那边喊，次洛，次洛，尽管声音很大，次洛却没有一点反应。央金很生气，想这人怎么了？于是就有了一点赌气的成份。她扭着身子，向一处玛尼石堆走去。玛尼石堆旁边挂着好多五颜六色的经幡，正在迎风起舞，这让央金多多少少地找回了一点点的慰藉。

　　次洛站在一个稍微凸起的土包上，抬眼望着四周。他感觉北面的一处玛尼堆似乎与周围的不太一样，于是便走了过去。

　　次洛发现，这个玛尼堆仿佛是刚被人破坏了，很乱。他仔细一看，却发现玛尼堆旁边好像有很多血迹。顺着血迹，次洛看到了有一只明显是牛腿的肢体残留物。次洛明白，一定是哪家的牛放单后，在这里遇到了狼。草原上的狼，连老虎都不怕，它们一般都是成群活动。一只落单的牛是敌不过它们的。

　　次洛走近玛尼堆，发现有好几个地方都被牛与狼在搏斗的过程中弄乱了。他小心地看，想发现狼还在不在附近的痕迹。突然，他看到了一个令他感到非常奇怪的现象。

　　次洛的脚边躺着好多贝壳。在高原上发现贝壳是很平常的事。次洛就多次听老人说他们居住的这个地方，原来是一大片一大片的海。后来根据神灵的指示，为了给人民一块栖身之地，上天将海中的土地抬高，于是这里就成了陆地。这是个传说，次洛却一直都深信不疑。

　　而今天，次洛却从一块躺在自己脚边的贝壳里，发现了一大片一大片的海的颜色！那颜色就如次洛一直以来梦想的那样，蔚蓝蔚蓝的。

　　次洛忙把那块贝壳拿了起来。奇怪的是，他的手一触及那块贝壳，贝壳里面所呈现的那种蔚蓝就自动消失了！次洛试了几次，都是如此，他拿起贝壳，什么都没有，一放下，那蔚蓝就又汹涌地逼近在了他的眼前。

次洛感到很奇怪，他马上喊了央金，将自己的发现告诉了她。央金听后，也试了几次，发觉果如次洛所说的一样。两人都很奇怪，不明白是怎么回事。那天，他们就一直反反复复地将那块贝壳拿起、放下，再拿起、再放下。

直到天黑，也没弄出个所以然来。回家时，次洛却舍不得那些贝壳。央金说，那你就拿一块回家去吧。次洛便拿了一块贝壳带回了家中。

但更为奇怪的是，他把贝壳带回家后，即使是把它放在地上，次洛也不能看到里面的蔚蓝。次洛想，看来，只有把贝壳放在那个玛尼堆附近，才能看到里面的蔚蓝。

第二天，次洛又带着贝壳到了昨天发现它的地方。一试，果然如他所猜测的那样。

这是一块神地。

没多久，次洛发现神地的消息就传遍了整个草原，就有好多好多外地人来到了草原上。这其中有科学家，也有商人。

到后来，科学家没有发现个中的原因，他们大都走了。商人则留了下来，他们想开发这个地方，想以这里神奇的贝壳来吸引远方来的游客。

这块草原是属于次洛家的。次洛不想让自己居住的地方受到太多的打扰，所以，在次洛的坚持下，那些商人大都无功而返。

后来，次洛考上了大学，走出了草原，到了内地的大城市。第一学期，次洛很想念草原上的那块神地，很想念神地上那些贝壳里面的蔚蓝。所以，期末考试一完，次洛就急切地启程回到了家。

次洛回到了草原上。他迫不及待地找到了那块神地。令他目瞪口呆的是，神地附近竟建了好多好多现代化的建筑！

次洛明白了，一定是趁他走后，家里人还是没有经得起诱惑，将那块神地卖了出去。

次洛很愤怒，他径直找到了开发商，责问他为什么要这样。哪知，当他找到开发商后，发现开发商比他更沮丧。开发商说，他原本也是希望借那块神地来做点生意的，没想到，当他投入了大把大把的钱，在这里搞成了这么大的一个开发规模后，人们却再也不能从贝壳里面看到大海的蔚蓝。而现在，也几乎没有人来。他快要破产了。

次洛听了，也是一阵的伤心。他想，看来，这大海的颜色，是只能在一种静谧的环境中，才能看到的。而一旦破坏了，则将什么都没有。

假期要结束时，开发商拆除了神地附近所有的建筑物，草原上又恢复了以往的宁静。

一天，次洛又到了他最初发现贝壳的地方，却发觉，他再也找不到了以前的那个玛尼堆。贝壳倒是不少，满地都是，但没有一块能从里面看到蔚蓝。

次洛一阵心酸。临开学要回学校的前一天，次洛又约了央金来到了草原上。两人约定，几年后等次洛大学毕业了，就一齐到海边去看看真正的海，看看好多好多年前青藏高原的模样。

第二天出发时，次洛发现，自己的行囊里竟莫名其妙地多了一块贝壳。次洛把那块贝壳拿在手里，凑近眼睛，他惊奇地发现，里面竟又有了蔚蓝的色彩。

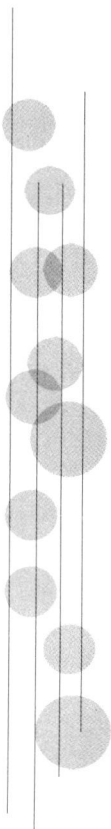

如果你在秋天到达

卓玛和我有一个约定。她说，如果你能在秋天到达拉萨，我就嫁给你。

这句话对我极具诱惑力。我追卓玛已经追了整整两年。

但这两年来，卓玛却一直都与我保持着一种若即若离的关系。

所以，一听到卓玛的这句话，我就欣喜若狂。我想，有了约定，就说明卓玛终于愿意为我敞开了一扇门。

但我却不得不承认，要在秋天到达拉萨，的确是有一定的难度。而且，现在只差一个月，秋天就即将过去。

而我所在的那个地方，是全国唯一没有通公路的县。我工作的地点，即使到县城，也要半个月。

卓玛这样对我说，是因为她自己一直以来，都有着一个梦想，就是能去拉萨看看。

甚至在卓玛的眼睛已经完全看不见光明时，她都还是对此抱着一种强烈的梦想。

卓玛的眼睛之所以看不见，完全是因为我。

那天，我对卓玛说，愿不愿意陪我去登山，卓玛当即就答应了。

于是，在一个云淡风轻的日子，我们就向附近最高的一座山进发了。本来，我是想随便找一座容易登顶的山爬爬散散心就行了。但卓玛却说，干脆选一座最高的山算了。我想自己也难得登一次山，就同意了。这样，我们在那天大清早，就到了当地最高的一座山的山脚下。

站在山下，看着高高矗立在面前的这座山，我突然有了一丝丝的冲动，一种想要尽快地登上山顶的冲动。

一路上，山陡林密，卓玛不停地提醒我，要注意安全，慢慢走。但我却全然不顾，只是一个劲地向上攀岩。

好多时候，我都是一个人在前面往上爬。我想卓玛是本地人，对周围的环境熟，应该不会出事。爬了一段时间，回头一看，却不见了卓玛的影子。

于是我就停下来等卓玛。当她赶上来的时候，喘了一口气，说，我们先歇歇，说一会儿话再走，行不？

从学校毕业来到这山沟的这几年，对我的内心几乎形成了一种强烈的压抑。我一看到山，就有一种想尽快登顶并马上振臂一呼的欲望。但看着卓玛喘气难受的样子，我又不得不停了下来。毕竟，卓玛只是一个女孩。

我们在一处比较平稳的地方坐了下来。

卓玛说，你知不知道，我为什么想到这座最高的山上来？

我摇了摇头。

卓玛说，因为村里人都说，站在这座山的山顶上，就可以望见拉萨。

拉萨？我的心突然就涌起了一阵波澜。我知道，拉萨在所有藏族人心目中的地位。

卓玛静静地坐在地上，脸上一片神往，说，其实，这座山我这次也是第一次登，因为它太高了，以往都不敢来。而今天有你，我就放心了许多，决定无论如何，都要来山顶看看拉萨。

我说，那我们就走吧，去山顶看拉萨。

我起身，又疾步向前。越往上，树林越密。这里的树，几乎都要把我们头上的天给遮住了。我一边往前走，一边拨拉着头上浓密的枝丫。

我开始还听到卓玛在后面隐隐约约的叫我等等的声音，后来，竟没有了。

当我再次意识到我又把卓玛落下的时候，我停了下来。

等了好一会儿，却都没有见到卓玛。

我有点慌了。我返回去找她。

走了一会儿，我就看见了卓玛。她正蹲在地上，用双手抱着眼睛，痛苦地呻吟。

我意识到出事了。

等我把卓玛从山上背下来，再到村里唯一一个只有几张纱布和一点消毒药水的卫生所给卓玛包扎好后，卓玛还在一直不断地呻吟。

那呻吟，让我痛彻心扉。

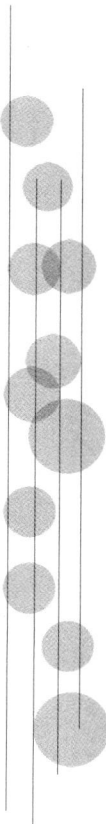

几天后，卓玛的眼睛完全失明。医生痛心地说，如果能把卓玛送到拉萨的医院去，就一定不会失明。

我很伤心。我知道拉萨的遥远。我也知道，是自己的冒失，让卓玛在后面追赶我时，不小心让眼睛碰到了林中浓密的枝丫。

在后来，我向卓玛表明了心迹。而卓玛，就给了我一个这样的约定。

我决定，无论如何，都要在秋天到达拉萨。

一个月后，我终于到了拉萨。我拨通了卓玛家的电话。

接通后，是卓玛妹妹拉珍的声音。

拉珍说，卓玛不在家。

我说，她干什么去了？

拉珍说，你刚刚走的第二天，她就和我们同村的一个人成亲了。

我手中的话筒，"砰"的一声就落了下去。

不久，我收到了卓玛的一封信。信是卓玛委托别人写的。信中说，其实，这两年来，她也知道我喜欢她，但却一直都没有答应，最主要的，就是因为她第一眼看到我，就知道我不是一个永远都只属于大山的人。

后来，我报名参加了一个工作队。在第二年的秋天到来时，我再一次到了卓玛所在的那个地方，那个全国唯一没有通公路的县。不过，这次我是来修路的。

窗含西岭

对美景，我向来都是抱着一种只能景仰而不敢接近的态度的。

直到来到拉萨，并碰上卓玛之后，情况才稍有改观。

西藏的天，是我对卓玛印象的最好诠释。那时的卓玛，正站在拉萨河边。拉萨河那晶莹剔透的玉体，有如一条略带少女曼妙姿态的玉带，静静地流淌在拉萨河谷，反衬着西藏的天，给卓玛的全身，都笼罩上了一层美丽而肃穆的氛围。也正因了这氛围，卓玛在我的心中，便真真切切地宛如一现实中的仙女，美轮美奂。

卓玛是一个命运凄苦的女孩。对她的身世，我了解得并不太多，但她对美景的态度，却与我完全不一样。

刚认识她时，我来拉萨还不足一月。那时我整天都待在家里，足不出户。卓玛见了，很是奇怪，说，别人来拉萨，都是唯恐在最短的时间里看不完这里的美景，你却这样，不觉得可惜吗？我懒懒地回答，我在这里又不是一天两天，以后有的是时间看。卓玛却说，以后？现在看的可都只属于现在，以后看的，都只属于将来了。

我惊讶地看着卓玛，没想到看似单纯的她竟然还有如此精妙的见解。但我还是没有多大的反应。

卓玛看我懒懒地躺在床上的样子，说，那我可不管你了，我去拉萨河了哟。

看着卓玛的身影，我张开嘴，想喊住她，但直到她的背影都不见了，却还是没有喊出来。

没过多久，我就接到了卓玛的电话，她说她现在正在拉萨河边，并说那里的气候很好，空气也非常地清新，还有好多好多的水鸟在河上悠闲地追逐嬉戏，问我去不去？我刚好昏睡了一会儿，头脑还没有怎么清醒，就说，美景还是你看吧，我现在不想来。

卓玛挂断了电话，我感觉她可能有点失望。起身坐在床沿上，我突然觉得有一个问题我还比较有兴趣，就是为什么一个像卓玛这样命运凄苦的女孩，对生活中美好的东西却还抱着这样的一种积极的心态呢？我发现自己有点想解开这个谜。

于是我起了床，出门，向西朝着拉萨河的方向走去。

拉萨位于拉萨河的河谷，四周都是高山，一到冬季，这些山便都会因为气候原因而变得银装素裹，映衬着拉萨这个城市蓝得出奇的天。当我来到时，卓玛正站在河边，离河水仅仅只有几步远，她手中拿着一个数码摄像机，对着周围的景观正在狂拍，河水就在她的脚边，缓缓地流着。

我上前，她很惊喜的样子。我说，你都拍了那么多了，还没拍够吗？

她俏皮地一笑，说，怎么会够呢？这些美景我是怎么看都看不够的。说完又是一阵猛拍。

我静静地看着拉萨河。这里的确是美丽异常，我的心里也不禁为她而泛起了阵阵涟漪。这时，一群小孩子欢叫着跑了过来，嘴中叫着"卓玛老师"。我惊讶地看着卓玛，说，你把你的学生也带来了？

卓玛是一个小学老师，专门负责教绘画。她说，是呀，我叫他们利用空闲的时间来拉萨河边写生，好把这些美景全部用笔描绘下来，让他们更真切地感受这些美景。

那群小孩子都拿着手里的画板，叫卓玛看。

一个小孩被挤在了外面，看老师在给其他同学评点，似乎有点急，他便拼命地往里挤。卓玛对大家说，别挤，别靠近河水了。但那小孩的心情似乎很是迫切，还是尽最大努力往里挤。其他小孩子感到自己的位置快被别人占了，也用力地向卓玛身边靠。卓玛张开双手，挡在前面，急切地说，大家别挤了，我们到岸上去。话还没有说完，我就听到了"扑通"的一声响。

我马上反应过来：不好，卓玛掉在河里了！我连忙跑了过去，推开了几个小孩。

卓玛果然掉在河里了。我忙下河，感觉河水冰凉。我看卓玛完全不会游泳的样子，便立刻向她伸出了手。但她在水里扑腾着，根本无暇顾及我。我干脆直接跳了下去，将她救起。

我抱着她，她基本上被冻晕了，我脱下衣服盖在她的身上，然后极

速跑到河岸边的公路边，喊，出租！

拉萨的冬天气温一般都是零下十几二十度，河里的温度就更低。我知道卓玛掉进如此冷的河水里意味着什么，所以就直接把她送到了医院。

将卓玛送进了急救间，我就在外面等。好久，医生才出来，对我说，先生，对不起，我们已经尽力了。

尽力了？我大吃一惊，怒不可遏，只不过是掉在河水里而已，怎么会这样?！我大吼。

医生用一种歉意的神情看着我，说，先生，病人的确只是掉到河水里去了而已，但你知不知道，她一直都有白血病，而且是晚期？

白血病？晚期？我张口结舌。

卓玛这一段时间的好多于我而言，有很多不可思议的东西，终于在瞬间得到了合理的解释！

从此，我的窗头上，就挂了一幅卓玛的照片，照片的方向，正对着拉萨河，正对着房子西面拉萨美丽的雪景，对着这一片在卓玛心中的永远的"现在"。

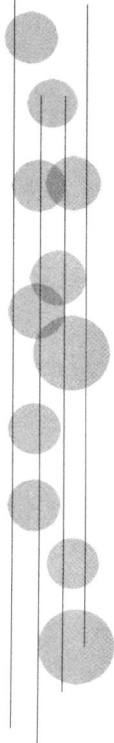

春天已经来过

　　春天刚好来临时，卓玛抱住了次洛。次洛已经伸不直手了，只有眼珠还在转。尼玛在他们身边不远处蹲着。尼玛是一条已经跟了次洛他们整整 5 年的藏獒。尼玛这种藏獒，还有一种名称，就叫雪獒。它们和一般的藏獒一样，都异常凶猛，对主人忠诚。但雪獒是藏獒中非常特殊的一种，它们全身雪白，而且只生活在海拔 5000 米以上的地区，到了海拔很低的地方，还会不适应，甚至会嘴鼻流血而死去。

　　现在次洛已经完全晕迷了。次洛是被冻僵的。

　　在卓玛来之前，次洛被人扒光衣服，用绳子捆着手脚，扔在了一片雪地里。次洛眼睁睁地看着那些人，把一捆捆装满了藏羚羊皮的袋子扛在肩上，一直向草原深处走去。最后，他就被冻得人事不省。

　　他再一次睁开眼，就看到了卓玛和尼玛。

　　尼玛突然用嘴把卓玛从次洛身上拉开，然后自己就一下俯在了次洛的身上，用它很长很厚的毛，将次洛全身都覆盖了起来！

　　第二天，年轻强壮的次洛就完全康复了过来，简单休息了一个上午，次洛就准备又去找那些偷猎者。他已经跟了他们好久了。

　　次洛和尼玛一起出发，沿着一条昨天他发现偷猎者的河岸向前走。

　　突然，跑在前面的尼玛停了下来。次洛小心地顺着尼玛的眼睛一看，果然，前面出现了昨天那些人。他们不时地在大声谈着笑，看来对来这一趟感到很满意。那伙人沿着河岸走了一会儿，到了中午，也没再发现有其他的藏羚羊，领头的人就决定到河上游的公路上去拦一个车子回去。

　　这条公路就经过了卓玛家门前。

　　那些人开始向河的上游走去。终于，他们看到了公路。那些人在公路边站着，等有车来。

　　次洛看到卓玛家门却是关着的。卓玛家有电话。

尼玛突然蹿了出去！

所有的人都马上发出了一声惊呼，天啊，这是一条真正纯种的雪獒啊！

雪獒？其他的人都惊呆了！一条雪獒可是比好多张藏羚羊皮都还要值钱的东西的啊。那个领头的人喊，胡三，你的麻醉枪呢？快点，活捉住这条雪獒！

在胡三端起自己手中的麻醉枪时，尼玛已经快速地向屋后闪去。

领头的人连忙喊，快追！

此时，次洛连忙跑向了卓玛家，砸开门锁，进去给警察打了一个电话，然后就急忙向屋后赶去。次洛赶到了屋后，看到一个人竟然在河边抓住了卓玛！

那个人用枪指着卓玛，淫笑着逼了上去。

这时，一声枪响，领头的人拖着尼玛走了过来。尼玛腿上的一个地方中了一枪。

那些人发现了次洛，也用枪指着他，一人说，昨天那么样都没把你冻死啊？说着就手拿一根铁棍，要打次洛。

棍子刚要落到次洛头上，卓玛突然一个闪身扑了上来，护在了次洛前面。那人恼羞成怒，抬起一只脚，狠狠地一脚踹了过去！只听得扑通一声，卓玛跌在了河水中！就在卓玛刚刚跌入河水中几秒钟后，水面上就飘起了一丝丝血红血红的水印！

次洛感到心都要裂了！他知道，卓玛已经怀了他三个月的孩子！次洛感到什么希望都没有了，他一转身，一拳打在了领头的那个人身上！那人手中拿的枪"咣当"一声掉在了地上，却也不甘示弱，马上就和次洛扭成了一团！

正在这时，那人竟突然发出了一声惨叫！次洛一看，原来不知什么时候，尼玛竟然醒了，而且扑了过来，咬住了领头那人的一只手臂！

关键时刻，警车的汽笛响了起来，也在这时，只听得"啪"的一声脆响，尼玛的嘴中竟然留下了一条完整的手臂！那手臂血淋淋地悬在尼玛的嘴里，所有的人都惊呆了！

一会儿，警察就把这伙人全都抓住了。但在最后清查人数时，却单单发现不见了那个领头的人！

警察用车把卓玛赶紧送到了医院急救，一边又去追捕那已经受伤了

的领头人。但警察找了大半天，却都还是没有找到他。后来，在很远的一段公路附近，警察发现了一具尸体。经查，这是一个司机。警察明白，一定是领头的人趁乱劫持了一辆车，然后跑了，并在成功跑掉后杀掉了司机。

但同时令人感到奇怪的是，尼玛从此也不见了影子！

当草原又一次枯黄时，次洛和卓玛都还没有见到尼玛。

后来，次洛在电视里看到了一个新闻，说是在内地某城市，有一个缺了一只手臂的人，被一条浑身脏兮兮灰不溜秋的狗给活活地咬死在大街上！奇怪的是，那条狗在咬死那个人之前，还是异常地凶猛，任何人都不能靠近，包括及时赶来营救的警察，也是毫无办法，但刚一咬死那人，就马上口吐鲜血，倒在了地上，死了过去。而且死的时候，狗的嘴里鼻子边还流了好多好多的血！

次洛看到了那狗最后的遗体。

次洛看到狗躺在大街上时，天刚好下起了瓢泼大雨。次洛看到，随着雨水的冲刷，那条原本浑身脏兮兮浑不溜秋的狗，竟然在瞬间就变成了一条全身长满了雪白雪白的毛的狗！

次洛的眼前，就出现了全身雪白雪白的尼玛，正在草原上奔跑着，看着就像一根银练，在各种美丽的花和妖艳的草中间穿梭着，异常惹眼。

他的泪就又一次流了下来。他感到，春天不是走了，而是已经来过，并将永远停留在草原上。

草原深处

扎西走进草原，在一块低矮但光滑的石头上坐下，取下背上的画夹，支好，调好涂料，拿起了手中的画笔。

央金走了上来，用手蒙住了他的双眼。扎西反手抱着央金，将她放在膝盖上。央金用深情的目光看着扎西，扎西的内心深处，瞬间就升起了万千柔情。他紧紧地抱住了央金。

央金从身上拿出了一封已打开的信，在扎西的面前晃了晃，笑嘻嘻地说，不想看看？扎西说，不想。央金就将信封里面的信抽了出来，放在了扎西的眼前。扎西看着信上抬头的几个字，笑了。央金问，什么时候起程？扎西说，马上。央金听了，神情有点失望。扎西就说，骗你的，一个周之后。央金才又笑了。

扎西在画布上落下了第一笔。

央金为扎西准备好了所有的行囊，扎西轻轻地揽着央金。央金低下了头，说，真不想让你走。扎西说，你知道到内地去发展可一直都是我的梦想啊。央金就说，正因为这样，所以我才不想阻止你。扎西就又亲了央金的额头一下。

扎西提起行囊，出了门。央金站在门口，望着他。一匹彪悍的马就在门口，扎西上了马背，就向草原的边缘走去。

草原很辽阔，扎西骑着马走了三天，才到了县城。然后他将马寄放在一个亲戚那里，就买了一张汽车票，坐上汽车，走了。

扎西在画布上画了半幅画。

扎西到了沿海的一个城市，在一个大型广告公司工作。扎西每天上班，但是他仍然时刻都惦记着央金。往草原上打电话很不方便，扎西就通过写信这种最原始的方式与央金联系。每个月扎西都会给央金寄好多多的信，央金也会给他回好多好多的信。没多久，扎西的办公桌和床

头，就堆满了央金的一封封信。每当看到这些信，扎西就会觉得自己的生活，原来是那么地有意义。

一天，扎西又收到了央金的一封信。信上央金问扎西还回不回草原？并说现在草原上的景色好美好美，每天都有成群的牛羊在草原上奔跑着，憩息着，养育着一代又一代。扎西就在回信里说，当然要回啊，自己的根是在草原上，总有一天，他一定是还会回到草原上去的。没多久，央金又来了一封信，说，那"总有一天"到底是什么时候啊？她害怕她等不到他回去的那一天了。扎西又回信说，他是不会让她等的，她可以先到他现在工作的地方来呀。这之后，央金的回信过了好长一段时间才回。她在信里说，她还是习惯在草原上生活。在信里，央金对扎西透露了一点消息，说自己这一段时间精神老是不好。扎西就有了一点隐隐的担忧。

扎西在画布上画了整幅画。

扎西已经好久没有收到央金的信了。他很担心央金。不停地写信，但央金却都没有回。扎西委托了好多回草原的朋友打听，却都没有得到任何消息。扎西感觉自己有一种强烈的想回草原的心愿。但上司说，现在正是公司最忙的时候，任何一个人都不能离岗。扎西就只有一边工作一边等央金的信。但是，过了好久，却还是没有等到。正当扎西有点坐立不安的时候，他终于等到了央金的一封信。在信里，央金说，她好喜欢好喜欢他们俩人以往在草原上的那些岁月，想着他和她两个人相拥着坐在广袤的草原深处时的岁月，她就幸福得想哭。央金还在信里寄上了一张白纸，说，她不知道扎西最喜欢的是什么，但她好想知道，因此，她想请扎西在那张白纸上把他最喜欢的东西画出来，然后给她寄回去。

扎西看了，就开始构思。但在公司里，他却一直都没有机会来完成央金的嘱托，因为太忙，老是没有时间。

扎西在画布上画了最后一笔。

扎西在一天接到了一个电话。电话是扎西的父亲打来的。父亲在电话里问扎西，问他知不知道央金怀孕了？扎西一听，顿时吃了一惊。父亲还说，央金已经给他说过了，说因为怕影响扎西的工作，就叫大家暂时不要把这个消息告诉扎西。扎西问，几个月了？父亲说，还有一个月就要生产了。我看再瞒着你对你和央金都不公平，就悄悄地给你打电话了。

放下电话，扎西异常地兴奋。他仿佛看到一个美满的三口之家正在

草原上幸福地生活着。他马上请假，但公司仍是不同意。在央金的预产期前几天，扎西终于怀着复杂的心情，向公司递交了辞呈。

扎西将画迎着太阳展开，上面是一片青青的草原。

扎西回到了家，美丽的草原还是往往常一样，向他敞开了温暖的怀抱。他感觉自己好高兴好高兴。他向央金的家里赶去。他看到央金家的门上挂了好多好多的经幡。他心里产生了丝丝的忧虑。他跑了进去，却发现整个央金家的人都在抱头痛哭。央金遇上了难产，母子都没有保住。扎西颓然坐在了地上。

扎西将画抛向了草原深处。画面上，央金的微笑，涂抹上了厚厚的一层太阳的金色。金色里面，写满了绿意盎然的期待。

扎西扔掉画笔，坐在了草原上，和草原融为了一体。

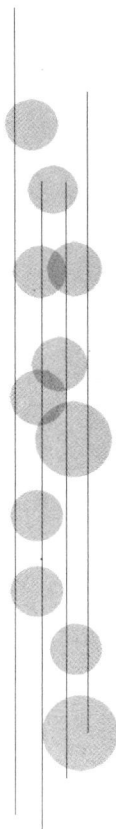

问你到哪里去

三轮车是拉萨一道独特的风景。扎西就是一个在拉萨拉三轮车的车夫。第一次坐扎西的三轮车，是在一个二三月份的雨天。那时的拉萨还很冷。那天，要到布达拉宫附近去办一点事，但一出门，恰巧遇到下雨，身上又没带雨具，无奈，就只有挥手叫了一辆三轮车。

一个穿着雨衣，甚至连脸上都蒙着一块围巾、全身只露出一双眼睛的车夫出现在了我的面前。他问，坐三轮？

我点了点头，就急急地上了车，说了一个布达拉宫附近的地名。

他听了，马上说，大姐，那地方有点远啊。

我说，不远，走路都只要十来分钟就到了。

他顿了一下，却不说话，也不开车。

我说，怎么不开车呢？我有急事。

他又望了望我，还是不动。

我有点生气了。我看着他，刚想又开口叫他快点开车，突然，我看懂了他的眼神。

我无言，只好说，那好，那你说要多少钱才去？

他扭过头，过了几秒，说，五元。

平时一般到那个地方去都只要三元。我有点生气，但看了看街上，雨是越下越大，就说，好吧，五元就五元。

他一听，马上就说，那我们出发吧，大姐，你可要坐好了哟。

话一说完，他马上就欢快地蹬起了车子。我看到车轮在他的脚下，仿佛就如一只滚动的轮胎，飞快地向前翻飞。刚落在水泥地面上的雨水被急速前行的车轮激起，纷纷溅了起来，翻出了白白的水花。

我坐在后面，感觉车子就仿佛汽车从静止一下就加速到了时速两百公里。

我喊，师傅，慢点，不用这么快！因为刚才的事，我的语气有点不耐烦。

他听了，却说，放心吧，大姐，坐我扎西的车，没有不安全的！

三轮车就这样一路前行。我看着车外，拉萨的街道即使在下雨天，也依然人头攒动，各种车子川流不息。拉萨是一个小而拥挤的地方。

我正在全神贯注地看风景，突然，车子却来了一个急刹车！我一个不注意，车子一抖，身子跟着一颠，差点就从车子上掉了下来。我慌忙抓住了三轮车的边缘，才稳住了身子。

我定了一下神，还没明白过来是咋回事，就看见扎西已下了车，向一个方向跑去。我很惊讶，想这人怎么了，无缘无故停了车往下跑？我看到扎西奔向了不远处的一根电线杆。而那电线杆下面，正匍匐着一只灰不溜秋，不知是什么颜色的小狗。因为下雨和街上急驰的车子，小狗全身都沾满了点点的稀泥，看起来很是萎靡不振。

我怔怔地看着扎西。我已经隐隐地知道他想干什么了。

果然，扎西几步上前，一把就抱起了那只小狗。这时，一辆开得飞快的车子从扎西身边驶过，车轮又溅起了很多泥浆，像一片网撒在了扎西的身上。他的雨衣，瞬间就成了一件土色的道具。但扎西却浑然不顾。他只是稍微呆了一下，然后就抱着小狗，回到了车边。一过来，扎西就对我说，大姐，能不能麻烦你挪一点位置出来，让小狗坐坐？

我看着扎西怀里抱着的那条小狗，它全身都在瑟瑟发抖，眼睛也基本上眯成了一道缝，偶尔睁一下眼睛，眼神里面发出的也全是黯淡的光彩。我明白，这只狗一定是病了，否则，不可能在下雨天还在一根光秃秃的电线杆下面呆着。

我伸过手，接过了小狗，把它抱在了我的怀里，想让我的体温给它驱去一点寒冷。扎西看着我，说，大姐，它那么脏，你还……

我笑笑，说，你都能把它抱过来，我抱一下，又何妨呢？扎西的脸上就露出了一丝腼腆的笑。然后，他就又上了车开动了车子。

到了一个地方，我喊，扎西，停车。扎西将车子停了下来，四处望了望，说，大姐，还没到啊。我说，是没到，不过你先把车子停一下吧。他扭过头，一脸茫然。

我抱着小狗下了车，进了路边的一个房子。房子的门上写着"兽医院"几个字。

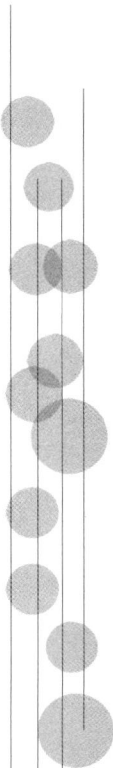

一检查，小狗是因为受冻引起发炎没有及时救助才变得那样的，不过医生说没事，只要打几针就好了。

抱着小狗出来，扎西感激地看着我。在结账时，医生却指着扎西说，你刚才到里面去给小狗打针时，他就已经结过了。我一看，有一个护士正在整理着手里的一把钞票。那些钞票全是一块一块的零散票子。我看着扎西，他还是很腼腆地站在一边，不做声。

我抱着小狗又上了车。扎西说，大姐，我现在就马上送你。

在车上，扎西说他要收留这条小狗。我听了，说，不如给我吧，我来照顾它。扎西一听，车轮就又蹬得飞快。

到了目的地，我下了车。趁扎西不注意，我放了两百块钱在他车子前面的钱箱里，然后，就抱着小狗，往里走。

扎西在后面问，大姐，你出来后还准备到哪里去呢？我到时来接你。

我转过头，向他笑笑，然后点了点头。扎西已经把脸上的围巾取下了，我发觉，他还长得蛮帅、蛮精神的。

敞开你的心门

那年，他独自骑着自行车去了西藏旅行。

一天，他的自行车坏了，不得已，只能走路前行。终于，他来到了一个破落的村子，那里房舍颓败，好多藏民在自家的门前就那么躺着或是靠着，在阳光下打瞌睡。在村子旁边的公路上，他竟然寻到了一辆破车。之所以说"破"，是因为车子连车窗玻璃都没有了，完全变成了一辆"敞篷车"。老旧的小车放在公路上，仿佛是专门为他而准备的。他看了看村子里面的人，竟然没有人对这辆车有任何的注意。于是，他悄悄上了车，一试，车子竟然勉强可以发动。他的内心一阵窃喜。奇怪的是，当他发动车子时，竟然没有一个人发现。

夜幕低垂，在开动车子后，他似乎听到了车尾传来了几声"砰砰"的撞击声。他想，也许是车太破了的缘故吧？也就没有再理会。突然，他的手机响了起来，一看，是母亲给他发的图片。

他打开图片，看到拍的都是同一个房间。母亲在短信中说，这个房间是为他回去专门准备的。他看到，房间充满了童趣的温馨，房门是一直向着自己敞开着的，仿佛随时等待归来的少年。他看着，突然就感到鼻子有了一些发酸。近三十年的时间里，他都很少回家看看自己已经逐渐年长的父母。但是，不管什么时候，母亲都在家里为他准备了这样的一个敞开了门的房间，以方便他能随时回去。

夜色几乎完全降临了，他的车子，竟然突然再也不能发动。他感到有一些害怕。这里是高原，各种凶狠的野兽四处出没，现在是晚上，"敞篷车"不能走了，岂不是危险更大？他走到了车尾，想打开车尾箱，看是不是能在里面将就一夜。但他刚一打开车尾箱，却突然惊呆了！原来，里面竟然躺着一个孩子！孩子的脸上出现了一丝丝的血迹，闭着眼昏迷不醒。他明白了车子发动时听到的撞击声的由来。他算了算时间，觉得

自己离那个村子应该还不算远，于是，就马上从车箱里抱起了孩子，往回走。这时，夜色完全降临。

他一边走，一边看着孩子，想孩子可千万不能出事。他依稀记得好像看到村子的什么地方有一个小小的卫生所。走了好久，突然，他看到了前面出现了几点亮的东西。他的内心一阵悸动。那亮的东西一直在公路边游离着，闪着绿光。这不是狼吧？他想。他越来越害怕，想躲，但也不知道往何处躲，周围都是空荡荡的，哪里都不能隐蔽。他只有悄悄地站在原地，动也不动。

那绿光却越来越亮了，不久之后，竟然传来了一阵嘈杂声。是人声！他的心终于有了一点点放松，但马上又想，这么晚了，怎么还会有这么多人来这里？莫不是拦路抢劫的吧？如果不是，他们会不会认为自己是绑架孩子的呢？毕竟自己的手里还抱着一个昏迷的孩子啊。他的心又提了起来。

那些人越来越近，他却只能站在那里一动也不动。后来，绿光绕过了他，一直往前行，似乎是并没有发现他。他内心一阵庆幸，但马上又想，自己手里的孩子可怎么办？他还没有醒，会不会有生命危险啊？他抱了好久，觉得自己已经累得不行了，有可能没办法抱着孩子回到村子了。他犹豫了，他终于还是咳嗽了一声。

他马上听到了一阵欢呼，好多人一齐说，哈，找到了，在这里！

他看到了好几柱手电筒的光向他照了过来，一群藏民围住了他。他们上前，拉住他，抱过了孩子。有人在他诧异的目光中，用生硬的汉语说，你怎么能开着那辆车走了呢？那辆车是前一段时间一个旅行者开到这里后出了问题扔在我们这里的，那人说过一阵子找人来修，但却一直都没有人来，我们就任由车子放在那里。今天傍晚我们突然发现车子没了，开始也没在意，反正也不是自己的东西。但到了晚上，村里一个小孩子好晚了都还没有回家。我们知道这孩子喜欢新鲜的东西，平时没事的时候就爱钻到车子后面的那个箱子里去睡上一觉。但今天我们很晚了都还没有看到他回来，到公路上一看，车子没有了，就断定是有人把车子开走并把孩子也带走了。因为我们知道，本地人是不会开着车子走的，因为我们这里还没有一个人会开车。而一个外地人，如果在半夜时开着车子在路上出了问题，那可怎么办？这里狼可是那么地多！这样，我们就赶了过来。

他一听，顿时就怔在了原地。他听到，周围传来了一阵阵狼嗥叫的声音。这时，孩子也醒了过来，睁着大大的眼睛，看着他。而他，也一下就感动了！他紧紧裹着藏民递过来的藏袍，望着孩子那张小小的脸，感觉自己的身边，竟然充满了浓浓的温情。他想，幸好自己还对孩子敞开了一点心门，想到了孩子的安危，否则，自己今天晚上就真有可能在这荒山野外被那些狼给吃掉了啊。而这些藏民，在得知孩子不见了之后，首先想到的，竟然不是孩子，而是自己这个外地人的安危！这真是一种无法比拟的温情啊。这温情，就如母亲一直就都给他准备着的那个房间一样，一直都在向自己敞开着大门。

原来，只有敞开了自己的心门，温暖才会不断地涌进来的啊。他想。

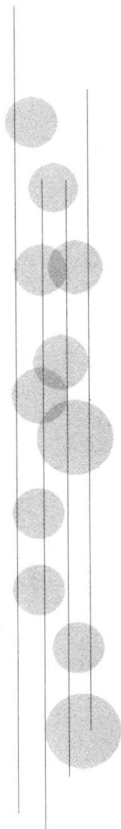

有一种感动叫活着

那年冬天，进藏采访。

采访车沿着青藏公路一路前行。在好多地方，我们从车上，就能看到青藏铁路的施工现场。即使是零下好几度了，工程仍没有停，许多工人仍在工地上不停地忙碌着。

一天都快到傍晚了，却还没有找到可以停下来歇息的市镇。车到了一处地方，前面竖着一个大大的指示牌。指示牌上写着：因前面施工，交通中通两天，请来往车辆自行安排食宿。指示牌不远处，就是一个施工现场。这里原是一条河，河道的轮廓还清晰可见，已经干涸的河道中几根桥柱已然成形，很多工人正在桥柱边热火朝天地干着活，河道中堆满了各种各样的施工器材堵住了交通。旁边一条明显是新开的河道正缓缓地流着水。我们明白，一定是把原来的河水改道修桥，等桥修好后再把旁边的水引过来。于是，我们就只有将车停下。

施工场地旁边搭着许多工棚。工棚里人很少，只有几个做饭的师傅正在忙碌着。我们在工棚旁边选了一块空地，然后从车上取下了帐篷。

我们搭好帐篷，工地上的工人已收工了。他们一从工地上下来，就马上从工棚里拿出自己的碗筷，到灶上打饭。他们从工地上下来时，每一个人都是蓬头垢面，全身脏兮兮的。但所有的人却都是毫不在意，打好了饭，就顺便蹲着，开始吃饭。一个看上去年纪四十左右的汉子就坐在了我们旁边，他拨饭的筷子不停地翻动，一碗饭两分钟都不到，就下了肚，然后到灶上又打了一碗。

我们也在细嚼慢咽地吃着饭，感觉自己和绅士一样。我偶然间发现，这位在我们旁边正吃饭的兄弟，他的手基本上全是黑黑的，明显是粘了很多灰尘。我看着那双沾满了灰尘的手，正在不停地往嘴里拨饭，就感到胃里有什么东西要往上涌。突然，似乎是不小心，他碗里的一块红烧

肉被拨到了地上，而且正掉在一块干牛粪上。他用筷子去夹，可能因为冷，手直哆嗦，没有成功。他干脆把筷子放在碗上，直接就用手去地上把那块肉捡了起来，然后毫不迟疑地就送进了嘴里。他把肉放进嘴里后，用力"吧嗒"了一下，然后转过头，向我们笑了笑，很满足很幸福的样子。

我看着，感觉胃里的东西也快涌到了嘴边。我连忙捂着嘴，装作肚子痛，跑向了工棚旁边的一个简易厕所。

等我从厕所出来，发现周围基本上都没有了什么人。我很惊讶，问正在收拾厨具的师傅，他们说所有人都到工棚里睡觉去了。我说这么快？那师傅看了看我，没有说话。

第二天一大早，我们正在酣睡，却突然听到了一片嘈杂声。我们起床，看到工地上已经又是忙碌的一片。

这天，我一直都在默默地关注着昨天在我们旁边吃饭的那汉子。久了，他似乎也注意到了我的目光。这天吃晚饭时，他走到我的面前，说，要过河啊？我点了点头。他说，别担心，我们现在正在赶工，明天你们就一定能过去了。我问，你在这几年了？他笑了笑，说，铁路刚开工，我就在这里了！我听了，问，没回去过？他摇了摇头，说，工程要赶工，回什么家啊。我看了看他沧桑的脸，问，四十了吧？他笑了，说，四十？俺今年才三十二呢！我感觉自己问了一个愚蠢的问题，就有点不自在。他却把刚吃完饭的碗端起，对我说，兄弟，在高原上工作，最要紧的，就是活下去，其他的都不重要，年龄更是其次。然后他伸出舌头，把刚吃完的碗又舔了一遍。

这天晚上，我躺在帐篷里怎么也睡不着。半夜的时分，突然听到一阵喧哗。翻身起床，却见工棚里好像出了什么事，只见一群人正围在一个棚子外面，一个医生模样的人正在中央对一个人实施着抢救。我们上前，却看到被抢救的却是那汉子。他的脸色在微弱的光亮下显得惨白惨白的。过了一会儿，医生停了下来，无奈地摊了摊手。

人群中发出了一声轻微的"噢"声，仿佛怕惊扰了这夜晚的宁静。

我怔怔地看到汉子躺在床上的身体。与汉子同住一屋的人说，半夜里突然听到汉子发出了一声"啊"的声音，大家连忙起来，发觉汉子就已经快不行了。

几个人进来，把汉子的身体用一张白布盖上，然后抬了出去。我发

现，所有在场的人，虽然悲痛，但却都表现出了一种异常的冷静。我有点诧异，悄悄问了旁边的一个人。那人说，不这样又能怎么样呢？上个月，我们的一个兄弟，头一天晚上还好好的，第二天早上就再也叫不醒了。

我的鼻子一酸。我明白他们为什么要那样狼吞虎咽地吃饭了，也明白他们为什么要以极快的速度吃完然后就进工棚去睡觉了。原来这一切，都是为了如那汉子所说的两个字啊。那两个字就是："活着!"

有一本书的书名叫《活着》，人的一生，其实也就是一本厚重的书，只有活着，才有机会翻开后面的一页。在青藏铁路通车后，有关方面统计，总共有逾四百名施工人员最终长眠在了高原上，他们都没有机会，再翻开本属于自己的那一页了。而青藏铁路的最终运行，其实也是为了延续他们每一个人的生命，为了让他们每个人的灵魂都能"活着"!

第二天，我们过了河。在过河时，望着工地上仍是一派繁忙的情景，我的心，却久久不能平静。

飞翔的眼睛

从小听母亲说，人是有灵魂的，而灵魂则是有眼睛的，它无时无刻不在默默注视着每一个人，让每一个人在它的注视下沿着自己的人生轨迹前进。我听母亲讲这番话的时候，小小的心灵还装不下这么多富有诗意、富有想象力的语句。因此，我便似懂非懂地问母亲：妈妈，不是只有人、小狗、小鸟才有眼睛的吗？灵魂的眼睛在哪里？我怎么看不见呢？

母亲听了我的话马上便沉默了。她蹲下来，用因为我们兄妹几人而磨练得粗糙的手抚摸着我的头，亲切地对我说，儿子，灵魂是有眼睛的，这些等你长大了，便会明白了。

长大，长大，我什么时候才长得大呢？我用充满迷惘的目光望着蔚蓝色的天空，看见小鸟在上面静静地飞翔，无拘无束。我便想，小鸟可能是长大了的啦，否则，它怎么可能在没有妈妈照看的情形下一个人在蓝天飞翔呢？如果我像小鸟一样长大了，那该多好啊。但我还是问母亲，妈妈，我怎么还是没有看见小鸟灵魂的眼睛呢？

母亲没有回答。而灵魂的眼睛却一直深深地积压在了我的内心深处，它时常在默默地提醒着我，促使我从一个无知少年慢慢成长为了一个能用自己头脑思考问题的青年。但在自己这十多年的人生历程中，我却仍然没能找到灵魂的眼睛到底在哪里。因此我一直在想，是不是我还没长大呢？

在我读大二的时候，一天晚上十点，我突然听到楼道管理员在叫我接电话。我是一个平时与外界联系很少的人，日常几乎就没有人给我打什么电话。现在电话来了，我马上便从管理员急促的语音中感到了一丝隐隐约约的焦虑。我急急地起了床，衣服都未穿完便冲出寝室拿起了公用电话。

电话里父亲的声音充满了悲痛，却又明显在努力压制着自己的感情。父亲说，祖文，你外婆去世了。

我的泪立马就掉了下来。眼睛模糊得看不清面前的管理员，单薄的

衣服也让我丝毫感觉不到冬天的寒冷。我放下电话，没听清父亲还在电话里说了些什么。我静静地回到了寝室，自己一个人坐在床上。寝室里有八个人，而我却感到自己是那样地孤独。

第二天早晨我上了火车，七小时后又转了汽车，最后在村里的小路上步行了一个小时。我一个人奔波着，但我却在突然之间觉得自己并不是一个人，总感到还有一个人在陪着我走，而且这个人还一直用她那慈祥的目光在看着我，在凝视着我。我感到，这眼光就是从外婆的灵魂里面发出来的，它深深地镶嵌在外婆的眼睛里，正在为我指着路，为我指着明天的阳光。

我又泪流满面，只感到外婆的目光穿透我的身体，触及着我的心灵。我想，原来人的灵魂的确是有眼睛的呀！

外婆走后的几年，我先是大学毕业，然后是参加工作，自己一个人孤身来到了向往已久的雪域高原，想用路程的遥远来减少心中的悲痛。在雪域里，我拼命地工作着。工作之余，我经常去爬山，去远足，尽量想寻找一块能让感情平稳的净土。后来，一个藏族同事尼玛看我经常独自一人，便问我：你是不是有什么心事？

我惊诧于他敏锐的观察力，但仍源源本本地将我心中的故事一一告诉了他，并特别提到了外婆，提到了外婆灵魂的眼睛。

尼玛静静地听着我说。等我说完了，尼玛问我，你知道我们藏族为什么喜欢天葬吗？不等我回答，他又说，我们藏族是一个崇尚灵魂的民族，在我们的民间，甚至还有"灵魂如风"的说法。天葬之后，雄鹰就会将我们的灵魂带到天上，带到了万米高空。而我们的亲人就将在高高的天际之上用他们的目光默默地注视着我们，为我们祝福，为我们祈祷。而他们的眼睛，就将伴随着雄鹰的翅膀，永远飞翔于我们心中的圣地，飞翔于我们生活中的日日夜夜，让灵魂永远不朽。

尼玛说完了，而我也一下就明白了很多的道理。随着尼玛抬头望着天空，我的目光也在高空中寻觅着。突然一只雄鹰飞来，我便仿佛看到了天空中有一双眼睛正在默默地注视着我，正在静静地向着我微笑。

我心中一下豁然开朗，只觉得西藏的天好蓝好蓝。

那晚的月光

听到过这样的一个故事。故事的主人公是一群到西藏拍戏的"文化人"。

主人公是以第一人称向我讲述的他到西藏拍戏时遇到的那个故事。

他说，我们是为了拍摄一部电视系列片去西藏的，主要考察宗教习俗和风土人情，经常要下到县乡的山沟里去拍戏。由于我们是新闻机构，当地政府的接待还是很周全的，但是由于地理环境和生活条件实在太差，因此我们经常要自己动手来解决困难。

我们一共出动4部车子，都是4轮驱动"巡洋舰"级别的，两辆是客车，一辆设备给养车，一辆备用车，大约10来个人。每次出发，少则3、4天，多则2星期后才能回到拉萨。因此，我们的给养车里总是塞满土豆、萝卜、面条、大米、冻牛羊肉、腊肉腊肠等食物。一般情况下，我们的给养是富裕的，但这一次，却出了问题……

在一个小山村拍了7天，由于素材很多，大家开心得忘了原来的计划，把原本准备4天使用的给养储备消耗一空。刚刚开始发现缺肉的那天大家还忍着，说坚持两天就回去了，但到了第3天，给养车里只剩下面条和咸盐了，大家这才意识到问题的严重：西藏这样的低压高寒地区，热量和营养的补充是关键。每天人体必须补充大量油脂、糖类和蛋白质，因此，我们在拍戏的期间吃肉就像野兽一样，是平地上的好几倍。而且拍片子是一项体力劳动，绝对是蓝领干的活儿，所以我们必须像工人一样胡吃海塞，狼吞虎咽，吃嘛嘛香，干活才能倍儿棒！但是现在，村里没有商店，出去采购来回要2天，能量来源没有了，我们就是每顿吃三碗面条，还是无精打采的。

我们制片部门开了紧急会议，导演希望再拍一两天，尽量多留下好的素材。于是我们不得不就地解决这粮草问题了。

"跟老乡说说，买 2 只羊。"有人建议。

向导说："很困难啊，因为这里的牧民不需要钱。西藏的老百姓主要分两类，一类在高山牧场放牧牛羊，是牧民；一类在低洼一点的地方种植青稞等粮食作物，是农民。他们之间用粮食和牛羊来交换彼此的需要，不用钱，因此，给他们钱他们并不实用。一个游牧的牧民，一年可能需要使用的现金只有 100 来元，买些生活用品。他们养羊，一部分用来交换粮食。一部分用来自己吃。现在是冬季，羊对他们很珍贵。不一定会卖的。"

"但为了大家的身体健康，你也要努把力去说说啊，大不了多给点钱……"

向导一个人去村里耍嘴皮子了，过了 1 个多小时，带回一个满身油腻的牧民。

"好说歹说，只有他才同意卖两只。"向导说。

那牧民身上很脏，脸上都是胡子和皱纹，看上去有 40 来岁，看见我们还有点羞涩。

我们和他讨价还价，却发现根本没有什么商量余地，他涨得脸红脖子粗的，就一口价。

向导说："别说了，他们性格很直的，再争他就不卖了。"

于是我们妥协了，230 元，两只羊，明天早上来拿，现杀现宰。

牧民很满意地走了，我们也偷笑着觉得非常便宜，向导偷偷告诉我们："知道他多大吗？22 岁！"

我们统统晕菜！

第二天，大家兴高采烈地起床，善于屠羊的藏族同事准备好了刀和器皿，只等日上三竿来血溅五步。

谁知道，快 10 点了，那牧民才顶着太阳，溜溜达达地走来，空着手，脸色也极痛苦。坏了，我们心想，出变故了。

果然，那"小伙子"说：他想了一夜，觉得还是不能卖……

我们正要和他理论，向导偷偷用汉话说："他们这里也有不少出去见过世面的人，估计昨天他回去被别人怂恿，知道我们非买不可，今天来宰我们了……"

我们说："那也没办法，现在这个样子，再不吃肉大家都爬不回去了，要多少钱也得给他啊……"

　　我们又劝他半天，他支支吾吾就是不卖，最后，向导急了，大喝一声，叽里咕噜说了几句藏语，大概是什么杀人不过头点地，何况杀羊乎，来个痛快的……之类，他这才嗫嚅着说了几句话，脸涨得通红……

　　听完了后，向导铁青着脸向我们走来。

　　我们心想，完了，天价羊，不得 1000 块钱一只啊！

　　向导走过来说："你们知道他要多少吗？……他说，我想了半天，230 元两只羊实在是太便宜了……不能卖！……不过，你们如果给 234 元钱的话，我还是可以考虑的……"

　　当时我一听，心里顿时就涌出了一种发自内心的感慨：多么淳朴的讹诈！而这牧民，又是多么纯朴的一个人！

　　当时，由我做主，我答应给他不是 234 元，而是按时下拉萨买羊的价格又多补了一些给他。他拿着那多出来的钱，开始还死活不要，说那不是他应该得的，后来，见我们一再坚持，就不得不"呵呵"笑着，手足无措地将那些钱小心地放在了衣兜里，临走时还不停地向我们说得"扎西德勒"，好像占了我们多大的便宜似的。而当时，我们一边也祝他"扎西德勒"，一边却觉得自己的心里怎么都有一点别扭，甚至还有一点不好意思。

　　我听了他的这个故事，就笑了，说："我也跟你讲一个故事。有一天晚上都 9 点钟了，我还在拉萨的八廓街上逛。那晚的天气很好，月亮一直明晃晃地挂在当空。我看到，大多数八廓街上的商铺都收摊了，但也还有几个流动小商贩还推着他们的小车在街上逛着，似乎是想碰一下运气。我记得，那晚的月光真的是很明亮。正在我看月光的时候，有一个外国人走到了一个商贩的面前，并指着推车上的一个藏饰品。那外国人是一个人，嘴里不说话，就只指着那饰品。我想，他肯定是不会说藏语。这时，我就有了一点好奇了，于是站在旁边，想看看他们怎么交流。要知道，两个语言不通的人，是很难进行买卖活动的。"

　　"但当我也靠近了商贩的小推车，想看一出好戏的时候，没想到，那商贩直接从兜里就拿出了一个计算器。我有些不解，不知他拿出这个玩意是什么用意。"

　　"令我不解的是，他直接在计算器上按了一个数字，然后就把计算器拿给了外国人看。我恍然大悟，原来如此啊。果然，那外国人看了，先是摇了摇头，然后就也拿过了计算器，也按了一个数字，拿给商贩看。

商贩看了，也摇了摇头。我在旁边看着，觉得非常的有趣，就一直看了下去。过了好一会儿，终于，他们都一致点了点头，然后，就一个愉快地交钱，一个愉快地给货。"

"文化人"听了我的故事，又讲了一个他的故事。他说："有一次我在内地的一个旅游景点买东西，因为那段时间喉咙发炎，导致暂时失声，所以，我就向那个老板比划着，意思是多少钱。那老板也没有说话，就向我伸出了两个手指头。我答应了，于是就先把那个东西放在了包里，再掏出了二十元钱。那知，当我把那张二十元的钞票刚放到老板的手里时，他却勃然变色，喊：'你糊弄老子啊?! 我说的是两百元！'我当时一听，就懵了。那只是一个小小的纪念品啊，在城市里十元钱也就了不得了。我当即就掏出了那东西，摇着手表示不买了。那知那老板却凶神恶煞地伸手抓住了我的衣领，说：'你都放在兜里了，还想不买?'这时，我也看到了好几个周围的人围了上来，虎视眈眈地看着我。无奈之下，我就只有掏出了两百元钱。"

我们听了，就都安静了下来。沉默了良久，我说："你知道吗？我好怀念那天晚上在八廓街上看到的月光？那可真是明亮啊！"

他紧紧地握住了我的手，说："是啊，我又何尝不是呢?"于是，我们就对某一个地方的月光，都做出了一副很神往的表情。

第三次婚礼

那次婚礼，是在八月一日那天晚上举行的。时间很特殊，但地点更特殊。

那是一个露天广场，广场上，有几万名身着军装的战士，广场前方，是一个临时搭建起来的舞台，舞台上，中央台一个著名主持人正在声情并茂地主持着节目。

当然，这是一台有关"八·一"建军节的节目。节目也没有什么特别特殊的地方，也无非就是一些平常大家在电视里都能看到的歌舞表演，只不过现场的观众主要是军人而已。

但就是这样一场极其平常的晚会，却出现了一个极不平常的情节。

当晚会进行到一半之后，那个著名主持人突然叫出来了一名也和台下几万名官兵一样普普通通的军人。这个军人个子不高，大概只有一米六左右，很瘦削，看起来甚至还有一点"瘦不禁风"的样子。但这个普通军人一站出来，主持人就马上停止了说话。

所有的官员都觉得有点意外，于是就都望向了台上。全场顿时静了下来。

主持人终于开始说话了。

他指着那个瘦小的军人，说，你能给大伙介绍一下你在什么地方工作吗？

军人立正，向大家敬了一个礼，然后才声音洪亮地说，我是一个川藏线上的汽车兵。

主持人说，你在川藏线上多少年了？

军人回答，12 年了。

主持人又问，那你现在结婚了没有？

军人仍然声音洪亮地回答，没有，但结了两次！

全场的人一听，顿时都笑了起来。主持人看着大家，也看着军人，问，怎么回事？你不是说你没有结婚吗？为什么又说结了两次？

现场的人都笑意盈盈地看着军人，看他怎么解释。

军人说，我已经结了两次婚，这是千真万确的事！

千真万确？主持人做出一副不理解的样子，那你还说你没有结婚？你想犯多少次重婚罪啊？

全场的人都再次笑了起来。

军人再次立正，说，是啊，我是结了两次婚，但却是一次都没有结成！

现在的气氛一下就变得有点让人感觉奇怪了，好多台下的战士都伸长了脖子望向了台上。

为什么呢？主持人问。

军人吸了一口气，然后缓了一下，再回答，因为我以前的两次婚礼，我女朋友都参加了，但我却都没有参加，所以，都没有最后完成。

为什么？主持人问话的语速突然加快，为什么会这样？

因为，我是川藏线上的一个兵！军人的话刚说完，台下马上就响起了一片热烈的掌声，似乎军人还什么都没有说，但大家却都非常地了解他了。

等掌声停止，军人又说，因为我每次要赶回家参加婚礼时，都提前给家里人说，要他们先做好准备，只要我一回去，就能马上举行婚礼！因为我们在川藏线上的兵，每次的假期都非常地短，时间非常地紧促。第一次，家里人都把举办婚礼的酒店订好了，亲戚朋友也全部到齐了，就等我回去。我记得那次婚礼定的时间是那年的大年初三。但当我在赶完上一年最后一趟跑川藏线运输物资的任务，正在赶往内地，只离婚礼举办的家乡酒店还有两个小时的车程的时候，却又接到了领导的电话，说我所在的连队突然又有了紧急任务，要我马上赶回！这样，军令如山，我不得不放弃了我的第一次婚礼，放下了一大群正等在酒店里的亲戚朋友们，包括我的新娘，立即就折身返了回去！

台下轰然爆出了一阵比刚才不知热烈了多少的掌声。

等掌声基本上要平息了之后，主持人又问，那第二次呢？

军人说，第二次我想，春节期间我们部队运输任务重，可能很难会有机会在春节期间抽出时间举行婚礼，所以，我就在第二年和女友商量，

我们干脆找一个不在年底，也不在年初的时间，就在八月十五日那天举行婚礼算了。女朋友也同意了。于是，和上次一样，我一请假，就马上让女朋友在家里订好酒店，请好亲朋好友，然后就马上往回赶。

那这次想得这么周密，应该不会有什么问题了吧？主持人问。

军人却无奈地苦笑了，说，我刚从部队回到成都，就又接到了领导的电话，说我们连有战士在跑川藏线的时候，遇到了山体滑坡，出事了，连人带车跌下了万丈悬崖！

你是连长，所以你就义不容辞地又回了部队？主持人指着军人肩上的领章问。

是啊。军人的脸上甚至连苦笑都没有了。

全场的人都完全静了下来，现在的气氛有点凝固。

突然，主持人问军人，那你想不想举行第三次婚礼？

军人望着台下的战友们，又望着主持人，说，想啊。

那好，我们就马上满足你这个愿望！主持人话一说完，就马上转身，向后台大声喊，请带新娘上台！

全场的官兵都惊呆了，包括在台上的那个军人。

只听得结婚进行曲在主持人的话音刚一落下时，就马上在全场响了起来，激动的旋律马上弥漫了整个广场，然后，一群人，拥着一个穿着洁白婚纱的姑娘，缓缓地走了出来。

穿着婚纱的姑娘慢慢地走到了台前，走到了军人的面前。她深情的目光一直深深地落在军人的身上，刚一靠近，就猛地扑到了军人的怀里，泣不成声。

所有的人都明白了主持人的用意，一片暴风骤雨般的掌声倏然响彻全场，其间还伴着好多战士兴奋的尖叫声和激动的呼喊声！

主持人任由大家的掌声怎么去拍，都不管，只是拿着一朵大大的红花，走了上去，在新娘和军人刚刚有一点松开的时候，拉过军人，在他的胸前系上了那朵大红花！然后，又把新娘和军人推到了一起，并对新娘说，你等了两次，这次，我给你一个真正的新郎和一次真正的婚礼！

新娘和新郎相拥而泣。

过了好久，全场的气氛才有了一点点的缓和。

拜过天地、拜过父母、拜过战友、夫妻对拜过后，主持人满面笑容地问新娘，你觉得你结了三次婚才最终结成，有一点抱怨没有？

乖巧的新娘擦了擦脸上那些幸福的泪花,说,不抱怨。

为什么?主持人再问。

因为他是川藏线上的兵!新娘斩钉截铁地说!

全声再次响起了响彻云霄的掌声。这次的掌声,久久不停,直到新郎挽着新娘走下了舞台,都还没有停止。

拉萨通火车了

　　父亲好多次打电话，都说想到拉萨来看我。每次父亲如此说，我都是无语，因为拉萨是世界上海拔最高的城市，高寒缺氧，年青人来身体尚且有可能不能适应，何况也年近六旬的父亲？但出门在外多年，我也只是平均三四年才回一次老家。对年老的亲人来说，肯定是挂念满怀。

　　无奈，我便对父亲一再地撒谎，说只要有时间就马上回去。开始时父亲很高兴，但随着时间的流逝，一个月一个月地在家里盼不到我的身影，他就有些失望了。到后来，当我再要说回去的时候，他干脆就直接挂断了我的电话。

　　我明白，父亲是真的生气了。

　　今年7月1日，拉萨的火车开通。通车的那天，我给家里打电话告诉了父亲这个喜讯。没想到父亲却说，知道了，我正看着呢，中央台都直播了一天的通车仪式了。我马上对父亲说，火车通了后，回家的路费减少，我们就可以经常地回家了！哪知父亲的语气还是淡淡的，只是说，算了吧，等你们真正回到家了，那才算！

　　我再一次无语。我知道，太多的承诺，可能也破灭了父亲心中的那一丁点希望。

　　大约过了半个月，我又一次打了家里的电话。奇怪的是，电话通了却没有人接。一次次地打，但不管是在白天，还是在夜晚，家里却都没有人。我很惊讶。给村子里的亲戚打电话询问，他们说父亲好像是到县城某个亲戚家去了。没办法，我只有又给住在县城里的亲戚打电话。好不容易电话打通，亲戚说，父亲的确是到过他家，不过也是好几天前的事。我问，那你们知道他现在到哪里去了吗？他说父亲走时倒真的没有给他说过，他们也只是认为父亲可能回乡下去了，所以也没太在意。

　　我很沮丧。父亲这么大的年纪了，如果出了什么事，那可怎么办？

那天晚上，想想父亲一个人在外，做儿子的却不知道他的去处，我不禁悲从中来，几乎就大哭起来。

后来妻子安慰说，是不是父亲想一个人到外面走走散散心，不想我们打扰？我想了想，觉得也有一些道理。父亲一直都还和以前的几个老战友保持着联系。我想，他是不是到他们那里去了？这样一想，我的心情就平静了许多。但天天想的，却还是父亲的平安。

7月20日这天，我正在办公室，妻子却突然从家里打来了电话。电话里她的声音带着哭腔。她说，你快回来，刚才人民医院给我们家里来过电话了，说父亲现在在他们那里！我一听，顿时呆若木鸡。父亲在人民医院？我立即问，父亲得什么病了？妻子回答说，具体情况还不太清楚，医生也没有说，只知是晕倒了。晕倒？我吃了一惊，说，那我马上请假，明天就回四川老家去。妻子说，回什么老家，父亲在拉萨市人民医院！

我再一次地呆住了！父亲什么时候到的拉萨？我们怎么一点都不知道？怎么又进了医院？我当即冲出了办公室，就在单位门口打了一个车，向人民医院赶去。

找到医生，说明了来意，医生把我领到了一个病床前。我一看，正闭着眼睛躺在床上打着点滴的，果然就是父亲！他的样子很是疲惫，整个身子也是一动不动，嘴里还含着一根氧气管。我站在他的身旁，轻轻地喊，爸爸。

开始时他并没有反应。过了一会儿，当我再次喊他时，他才终于张开了眼。一张开眼，他就将目光定格在了我的身上。

我上前，拥着他大哭。

原来，父亲在看了电视新闻后，得知拉萨通了火车，所以，就立马决定要坐火车来看我。因为他认为坐火车时间长一点，能慢慢地适应高原气候，还不需要花多少钱。之后，他就瞒着我们，到城里的亲戚家借了一些钱，然后就到了成都，准备在成都买直接到拉萨的火车票。没想到，他一到成都，就被告知10日之内的票已经售完了。无奈，他便只有订了10天之后的票。但在成都的那些天，为了省钱，他天天住的是最便宜的旅馆，吃的也就是从家里带的一些干粮，后来干粮没了，干脆就只吃一元五角钱一袋的方便面。到最后，当他硬撑着坐了整整48个小时的火车到了拉萨火车站后，就因为高寒缺氧及疲劳过度而再也支撑不住，

晕了过去。

　　知道了这些，我禁不住泪流满面。

　　父亲在医院养了半个月的身子后，身体基本复原。在我接父亲出院的那一天，我流着泪对父亲说，爸，我已经向单位请了假了，我们再过两天就回四川老家去！

　　父亲听了，还略显苍白的脸上涌现出了一丝惊喜。

　　两天后的清晨，当黎明的曙光刚刚在拉萨上空铺开它美丽的身影的时候，我们一家人，就经过全国最大的城市湿地——拉鲁湿地，向火车站赶去。正值盛夏的拉萨，湿地上青草茵茵，仿佛一片绿色的海，正在默默地望着我们，望着父亲那显得幸福而又满足的身影。

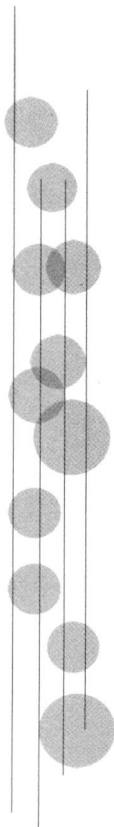

不会尖叫的孩子

那天下班回家，上楼的时候不知是否因为我过于专注那快到家的幸福，我在楼梯上不幸摔了一跤。

我的一脚踏空使我在楼梯上弄出很大动静来，一只手猛地碰到了铁栏杆上。我马上感到了一阵疼痛——但我没有尖叫起来——像大多数人习惯的那样；我的另一只手杵在水泥的台阶上，大概擦破皮了。

我在那一瞬间大概，也许是肯定——迅速回过头去看了一眼邻居的房门——没有一双睁大着的眼。

邻居们还在睡觉。我放下了心来。因为这不至于让我在众目睽睽下显得过于尴尬。

我这样摔倒在楼梯上已经是第二次了。第一次伤了脚，第二次伤了手。留下的都是一些带着血印的条状，一些大概使骨头也刻上难看的印子的伤口。第一次我倒在床上流下了泪，疼痛使我浑身颤抖，但我没有发出声音，并且两分钟后换条长裙遮住伤口，颤着腿照常到楼下安静地吃我的饭。

但第一次刚一摔倒，我就无端地怀疑我的邻居们一定是知道了：那么一个"庞然大物"摔倒在楼梯上，弄出的动静一定不小。

那么这次呢？我有点忐忑。没有一双睁开的眼，但这并不能说明没有人知道啊。我是一个爱面子的人。所以我感觉自己的难堪竟越来越浓。

果然，在我经过楼梯边的一个拐角时，我看到了一个孩子。

一个穿着传统的藏式服装，睁着眼，有着一双漂亮大眼睛，大约只有十来岁的藏族孩子。

她静静地坐在楼梯边上的一个角落里，用一双好看的眼睛看着我。我的心房兀然收紧！我知道，刚才我的摔倒，她一定是知道了！否则，她为什么会一直这样盯着我不放？

　　我有了一些无地自容。在一个小孩子面前，这种感觉尤为强烈。

　　但我马上就觉得有点生气。这么小的孩子，城府居然这么深！明明知道我摔倒了，却还要装着一副什么都没有发生过的样子！甚至连尖叫都不会！

　　我就感觉到了一些愤然，想现在的孩子怎么这么早熟？她一定是知道我摔倒了，否则，她睁着大眼睛看着我干什么？但明明知道，却又装作不知道，哪怕一点点轻微尖叫的响动都没有发出！现在的孩子啊，这么早就知道看别人的"好戏"了！

　　我简直是不能控制了，真想一步上前，把她抓起来，质问她为什么要这样对我？难道我真的是一个小丑？

　　我走向了她。

　　但是，在经过她的面前时，我还是没有行动，只是在她的面前略略地停了一下，就继续往上走。毕竟，我是个大人。

　　但是，我刚走过孩子的面前时，她却突然伸手拉住了我的裙子！我的心中突然就怒火万丈！我想，岂有此理！一直盯着我还不够，居然还要当面拉住我，想嘲笑我！所以，在她的手刚一抓住我的时候，我就猛地用力一挥！我听到她"砰"地一声就摔倒在了地上！

　　我认为自己会马上听到"哇哇"大哭的声音。毕竟，她只是一个十来岁的孩子！

　　但是，令我惊讶的是，她一下子跌倒了在地上，却并没有哭。

　　我看到了她难受的样子。她的嘴张开，而且张得很大，明显很痛。

　　但是，她却没有发生任何的声音来！

　　我怔住了。我的心中闪现出了一个念头。

　　果然，她扶着墙艰难地站了起来之后，我看到她的嘴还是张着，却还是没有声音，但是，她的手，却不停地往我的裙子后摆指。

　　我转过头。我看到，自己的裙子后面，竟撕开了一道长长的口子。这一定是刚才摔倒后爬起来时，裙子挂着了地上的什么物件。

　　我的脸一下就红了。我知道了她一直望着我的原因。

　　而她，则还是张着嘴，不过这次嘴里发出了"咿咿哇哇"的声音。我明白，她根本就是一个哑巴。原来她一直都只是盯着我看，而不说话。原来如此！

　　我的内心，感觉更加地难为情。一个善良孩子的善意提醒，却被我当成了一种恶意的侵犯。我的难堪，甚至比刚才更胜。

我在孩子面前，默默地把自己裙子撕裂的部分打了一个结，然后，就看着孩子，轻轻地说了一声"谢谢"！

虽然我知道，"十哑九聋"，孩子不一定会听到，但是我却一定要说。毕竟，善良的标准，并不是只凭语言来判断的，它还需要更多的行动。

我的嘴巴才合上，我就看到孩子那双漂亮的大眼睛里，马上升起了一种快乐的表情，几乎要把我融化掉了。而一个不会尖叫的孩子，却让我感受到了一股浓浓的温暖。这种温暖，不是来自声音，而是来自孩子的那双好看的眼睛。

我终于明白，原来，孩子的眼睛，才是真正天使的眼睛。在我转身离开时，我又扭头看了一下孩子。我清楚地看到，孩子清澈的眼里，分明写着"扎西德勒"的字样。

昂起头来真美

　　我曾经认识一个叫卓玛的藏族小女孩。卓玛从小就生活在西藏一个民风纯朴的小镇里。一天，卓玛的班主任老师给大家说，学校要在"六一"儿童节组织一次到拉萨的旅游，带大家出去见见世面。

　　老师刚一宣布了这个决定，班里当即就炸开了锅。当然了，到拉萨！这是一件多么具有诱惑力的事！这里的哪个孩子，不想到拉萨去看看？所以，老师一说，卓玛的心情也马上就激动了起来。但是，这种激动只维持了两秒，卓玛就看了看自己身上穿的衣服和今天早上还刚在镇边草场上去捡了牛粪的黑黑的小手。卓玛有点犹豫了。

　　老师在挨个征求同学们的意见，轮到卓玛时，老师问，卓玛，你去不去？卓玛抬起了头，手足无措地站了起来，说，去！然后看了看老师和同学们的脸，又马上结结巴巴地说，不……不……去！老师看了看她，疑惑地说，那我先给你记上一个名字吧，然后又说，你再回去征求一下父母的意见。

　　卓玛回了家，把这个事给爸爸说了。爸爸听了，马上就停下了手里正在挤牛奶的活，说，去啊，当然要去了啊，拉萨多美！在旁边的妈妈听了，也说，是啊，你看你妈妈，都这么大的年纪了，却都还没有去过拉萨，这多遗憾！要去，一定要去！

　　在去拉萨的车上，卓玛心里还是很忐忑。终于，在两天之后她和大家一齐到了拉萨。

　　拉萨真是大啊，拉萨的人也真是漂亮啊。卓玛第一眼看到拉萨，就从心底里发出了一声惊叹。卓玛看了看车外，又看了看自己黑黑的小手，就低下了头，再也不敢看拉萨的大街。

　　车子终于停下了，老师就带着大家去参观拉萨的各处景点。但转了大半天，卓玛对拉萨的景点，也没有什么直观的印象。因为在整个过程

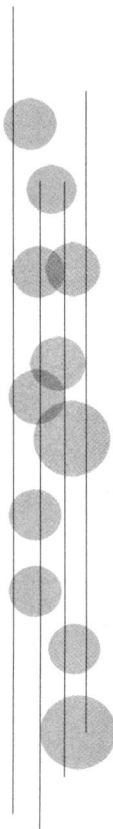

中，卓玛都一直深深地低着头。她不敢抬头，害怕自己一抬头，身边的那些人，就会看到自己那双黑黑的手。

卓玛就一直机械地跟着大家一路往前走。她听到老师说，这是到了大昭寺了，又听得老师说，这是到了宗角禄康了，还听得老师说，这是到了罗布林卡了！但是，她就是抬不起头来。因为这些地方，都是那么多的人。这些人在她的身边走着，说着，笑着，仿佛一堵厚厚的墙，将她围在了里面，让她感到窒息，喘不过气来。

正在这时，卓玛听到老师又在给大家介绍了，同学们，这前面，我们所面对的高高的建筑，就是我们所有中国人的骄傲——布达拉宫！所有的人，都转过身，抬起了头，去看布达拉宫。但卓玛的头却低得更低了。因为她仿佛看到，所有的人，好像都没有看布达拉宫，而是在看她自己，在看她那双黑黑的手！卓玛感到无比地气馁，她真后悔自己来了拉萨。她继续低着头，突然，一个人推了她一下，似乎是想往前挤，卓玛轻轻抬了一下头，看到是一个与自己差不多大小但却异常漂亮的小姑娘。卓玛一看到小姑娘，心里就马上自惭形秽，立即侧过身子，将她让在了前面，自己则继续低着头。

倏地，在卓玛眼前的地上，竟出现了一只漂亮的绿色蝴蝶结。卓玛一看到绿色蝴蝶结，心里就产生了一股莫名的激动！这是一只多么美丽的蝴蝶结啊。她自己也一直都想有这么一只美丽的蝴蝶结，但却一直都没能如愿。现在，这样的一只蝴蝶结就躺在了她的面前。卓玛马上弯下了腰，拾起了蝴蝶结。她把它拿在手上，爱不释手地看着，然后还是不由自主地拿起了蝴蝶结，对着周围熙熙攘攘的人群，抬起头喊，谁的蝴蝶结？谁的蝴蝶结掉了？

所有的人，都马上转过头来看着卓玛。卓玛感到了脸上一阵阵地发红。但她仍是举着手中的蝴蝶结，说，谁的蝴蝶结？她想，这毕竟是别人的东西啊。

这时，刚才从卓玛跟前挤过去的那个漂亮的小姑娘闪现在了她的面前。小姑娘一把抓住了卓玛手中的蝴蝶结，说，啊，谢谢你了，刚才一不小心弄丢了。卓玛看着她把蝴蝶结拿过去，也就不再说话。而小姑娘在把蝴蝶结拿过去的一瞬间，马上又说，姐姐，你真美啊！刚才你低着头我还没注意到呢，没想到你一抬起头，竟然是这么的漂亮！

我漂亮？卓玛情不自禁地伸手摸了摸自己的脸蛋，那小姑娘调皮地

看着她一笑，说，是啊，姐姐，我敢打包票，你一定是今天布达拉宫广场上最漂亮的女孩了！

说完，小姑娘就向她挥了挥手，向布达拉宫门前跑去。

而卓玛则怔怔地在原地呆了好长的一段时间。她抬起了头，看到布达拉宫广场上的阳光真的是很明媚，周围的林木也是那么的清秀漂亮。她突然发现，广场上所有的人，都在面对着她，大家似乎都在用一种充满赞赏的眼神在看着她，仿佛她的脸上真的长出了一朵花一样。

真是忽然花开啊。卓玛挺起了胸，昂起了头，看了看广场上来来往往的人流，然后就开心地笑了。

现在，她才发现，原来拉萨真的是很美！

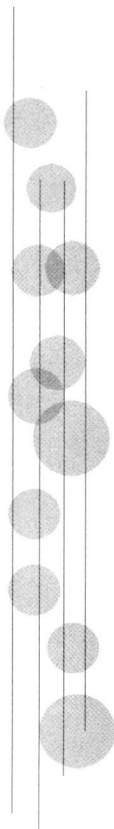

七根藏链

　　他在高原，她在内地。他和她，是经人介绍结婚的。两人从相识到结婚，就只见过两次面。但他和她，却还是结了婚。在这段婚姻在已经存在了七年的时候，她却还是没有到过他在高原上的工作单位。因为他不想让她去，说那里危险。

　　结婚时，她就知道他会很少有时间在身边陪着她。他在高原工作，一直都是工作一年半才休两个月假。但她却没有一点怨言，仍是无怨无悔地嫁给了他，只为她喜欢他这个人。这样，他的假期，就成了他们牛郎织女聚会的机会。

　　结婚的时候，是他从高原上回她的单位举行的婚礼。婚礼一完，他就回了高原。这之后，就一直过了七年。在这七年里，每次他一打电话回来，家里亲人都抢着接，好多话她也不好意思当着大家的面说。有时她偷偷出去给他打电话，但刚刚说上两句，她就只有无奈地放下话筒。因为电话费太贵。毕竟，他和她的工资也不多，每一分钱都需要精打细算。

　　他们也曾想过，要调到一起。但是，因为双方的工作性质，又是不可能的。无奈，就只有两地分居。

　　一次，他从西藏带回了一些藏式的手链回来。他放在屋子里，叫大家挑。她早就听说西藏的手链漂亮，于是就给其他人说，你们都不要先动，等我挑完了你们再挑。家里亲戚朋友看着她"霸道"的样子，就都让着她，让她先挑。

　　她挑出了几根藏链后，却没停下，还在那些藏链里仔细地挑。他看到，她选的这几根，每根款式都不一样，颜色也不相同，五颜六色的，煞是好看。他说，都六根了，不要再挑了，让家里人也挑一点。

　　她抬起头，翘起两片薄薄的嘴唇，说，我才不管呢，我要挑到七根

完全不一样的藏链为止。

他问她，为什么要七根？六根不还是一样吗？

她听了，依然翘着嘴，说，不行，就是要七根，而且是只要七根！

他笑了，觉得她很淘气，就怜爱地问，为什么？语气中充满了不解。

她调皮地望着他，眼眶里溢出了一汪深情的雾水，说，就不告诉你是为了什么。

于是，她又埋头在那些藏链里找。后来，所有的人都来帮她找，却还是没有找到。后来，他说，算了，不要再找了，下次我一定再给你带一根与这些完全不同的回来。她听了，才停了手，用双手钩住他的脖子，说，这可是你说的哟，你可一定要记住！

两个月后，他又回到了高原。此后的岁月里，她就一天换一根不同的藏链，按着款式和颜色，六天轮换一次，决不重复。

这之后一打电话，她就会马上问他，去给她买那种她手里没有的藏链没有？

他每次都说，放心，一定会去买的。

她听了，就马上给他讲她今天是戴了什么样的藏链，那些藏链的款式和颜色，都在她的话里如数家珍。每次讲，她都说得事无巨细。

开始时他很感动，后来却烦了。他觉得她给他打电话的目的，仿佛就是为了问他买到那种藏链没有。所以，他就有点不高兴了。一不高兴，他的话就少了，心情很糟糕的时候，他还会说，你干吗非得要七根完全不一样的啊，六根就不行吗？真是有点无聊。

她却丝毫没有留意到他的不耐烦，仍是在电话那头很俏皮地说，不嘛，我就要七根！

他就说，七根就七根吧！

后来，他得到了一个出差的机会。出差时要经过她所在的城市。于是，他就抽出时间，准备在家里顺便呆上半天。

他急急地回了家。一到家，她就迎了上来。他拥着她，怀抱着她软软的身体，真想马上就跟她亲热。但他的嘴刚刚贴在她的耳边，她就说话了。她说，那根藏链，你带回来了没有？

他一听，马上大为生气。他身上的血，一下就涌上了脑门。他一下把她扶正，直视着她，眼睛里放出咄咄逼人的光芒，说，你说什么？我好不容易大老远的回来，你说的第一句话却是那条藏链带没带回来？！说

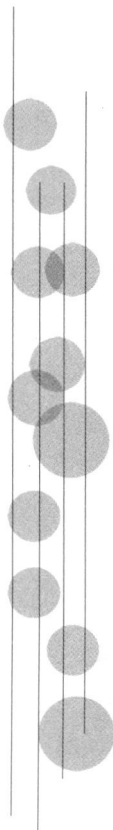

完，他的双手马上就一用力，把她往外一推，然后就气冲冲地出了门。出门之后，他似乎还不解气，又转过身来，径直从外面拉上门，然后"砰"的一声摔上。

她突然怔怔地看着他，看着他盛怒的样子，感觉有点不知所措。直到他摔门出去了，她才如梦初醒。她连忙追了出去。

但他的背影却在瞬间就消失在了她的视线里。她看着他远去的方向，抬起手，看着手腕上那根美丽的藏链，泪水就不由自主地流了下来。

他，则一天都没有停留，就启程又回了高原。

到了部队，他还是感到余怒未消。她一直都在给他打电话。他不接。过了几天，她也不再打了。

这之后，他反而慢慢地冷静了下来，觉得自己是不是做得也有点过分。于是他便也主动打了一次电话回去。但家里也没有人接。

他想她是不是也生气了？他决定过一段时间再打电话，给她道歉。

他就在单位上继续干着，想等哪天她气也消了，再给她打电话。

一天，他正在上班，却突然听人说，有一辆出租车在他们单位附近翻了，车上两人一死一伤，而且受伤的那个受的也是重伤，恐怕也马上就要不省人事了。

他听了，觉得很奇怪，就问，这个地方，怎么会有出租车？

那人说，听说是一个人专门包车到这里来的。

专门包车到这里来？他听了更是不解。

那人说，我去看了，那人还是个女的呢，长得还很漂亮的。可惜啊，却在这里遇上了车祸！

旁边有人说，那女的是不是来看我们这里哪个人的啊？

有人回答，说，那怎么可能？我们这里哪个的亲属到了，不是先打电话，然后我们自己去接？否则一个人来了，在这种地方，出事了怎么办？而且，大老远的包出租车来，也不划算啊。

他听了，觉得还真有必要亲自去看看到底是怎么回事。于是，他就赶到了离他们单位不远的事故现场。

他到了现场一看，头马上就懵了！他呆呆地站在了现场。他看到，重伤的那个人竟然就是她！

他急步上前，把她从地上扶起，然后马上就冲身边的人嚷，你们快打电话报警啊！

旁边的人都无奈地看着他，说，我们早就已经打了电话了，那边也说马上就来。但你知道，我们这里，救护车即使要来，也要至少一天才能赶到啊。

他大声嚷，不行，你们再打！不行的话就叫他们马上派直升机来！他蹲在地上，眼泪和鼻涕都流了下来，说，你们打电话叫直升机啊！你们快点！快点啊！

周围的人就只有又开始拨电话号码。

他将她的身体紧紧地抱在了自己的胸前，悲切地说，你傻，好傻啊，你为什么要一个人跑到这个地方来呢？来了也不给我说一声？我打电话给你，你不接，我还认为你又生气了呢，没想到你却是到这里来了！说着，他不断地擦着眼泪和鼻涕。

她终于睁开了眼，说，我自己也不知道，原来这个地方，竟真是这样的偏僻和危险。我打电话给你，你不接，我认为你以后就再也不理我了。说着，她的嘴里突地就冒出了一股浓浓的鲜血，喷在了他的脸上。他根本顾不上去擦，他只是说，你怎么这么傻呢？是我不好，我不该不接你的电话啊。说着，他狠狠地扇起了自己的耳光。而她，则喘了一口气，虚弱地说，本来自己也认为高原上没有什么大不了的，想你在这里工作了这么多年，不照样没事？所以，就想亲自来看看你在这里究竟生活得怎么样。看来，本想给你一个意外的惊喜，也给不了了。说完，她就又开始剧烈地咳起了嗽来，嘴边的鲜血更是猛烈地涌出。

她用尽全力抬起了自己的一只手，然后说，你看，今天我戴的是这根最漂亮的藏链！顿了一下，她又断断续续地说，我叫你给我买的那根，买到了吗？

他听了，马上就从兜里掏出了一个东西，哽咽着说，其实，我回来的时候，是给你带回了这根藏链的。他感觉自己不能再说下去了。他听到她在说，真好啊，现在终于有整整七根完全不一样的藏链了！她说着话，似乎还没有刚才那么吃力了，反而精神了起来。

他睁开自己泪眼蒙眬的双眼，说，你为什么就非得要七根藏链呢？

她笑了，嘴角的鲜血印在她的脸上，就像印着草原上盛开了的格桑花。她说，傻瓜，一个星期不是有七天吗？我想只要有了七根藏链后，我就没有了偷懒的理由，那我就必须一天换一根了。这样，在每天换手链的时候，我就都能想到你呢。

他痛哭失声。

而她的声音，则是越来越小。终于，他亲眼看着她，在他的耳朵边刚好传来了"隆隆"的直升机飞行的声音时，慢慢地阖上了自己的眼睛。

他从她的包里，掏出了另外几根藏链，然后把身上的那根，放在里面，再慎重地放进了她的怀里。他抱起她，向不远处的一个山冈走去。

那个山冈，就是他工作了十多年的地方。山冈的最上面，有一个高原上海拔最高、路途最远的哨所。

整个山坡，格桑花浓浓地印红了大半个天空。

两棵树的命运

这是两棵千年古树。这两棵树生长在拉萨。

那天，他来到这两棵树前的时候，心中真是无限感慨。拉萨是世界上最高的城市，海拔3650米。而在世界上，一般超过3700米的地方，就被称为"生命禁区"。"禁区"的意思，不仅是不适合人的生存，而且还不适合绝大多数生灵的生存。但是，就是在这样的气候条件下，这两棵树，也在几乎是"禁区"的拉萨，存活了一千年以上！

他站在树前，看着它们郁郁葱葱枝繁叶茂的样子，就想到了它们在这一千年之中，该是经受了多少的风吹雨打，该是给多少人，在炎炎的夏日里带来了无限的荫凉。

但是，他此行来的目的，却不仅仅是为了乘凉。他来的目的，是要考察看在这个地方是否适合建成一个大型的商场。

他看着这两棵大树，心中竟然渐渐地涌上了一阵酸楚，而且这种酸楚的感觉还越来越浓。因为他清醒地认识到，如果真的要在这个地方建商场，那这两棵树的命运，就可想而知了！他来之前，就听别人说过这两棵树，而且说，如果要在计划好的地方修建商场，就必须把它们砍掉。他当时的唯一想法就是，不就是两棵树嘛，砍掉它们又有什么了不起呢？

但是，当他从内地赶到拉萨，并亲眼看到这两棵树时，他的内心，真的就有了那么的一点动摇了。此行之中，有人向他介绍，在拉萨要栽种成活一棵树的几率，几乎就给一个人要想在一夜之间成为百万富翁的几率一样，是非常非常小的。他也亲耳听到随行的当地官员介绍，在拉萨周围的那些高山之上，人们几乎每年都在不停地植树造林。但是他却看到，那些山上，却大都还是光秃秃的，什么都没有。这就说明，生命在这里，是多么地脆弱，多么地弱不禁风。

他的意念真的动摇了。

他问周围的人，如果把这两棵移植到别的地方去，行不行？

园林专家听了，均摇了摇头，说，难啊，你看它们，树龄那么大了，枝杆那么粗，如果移植，肯定会是一项硕大的工程，在工程中两棵树就难免都会伤筋动骨，那存活的机率也是几乎没有。而且，移植需要的投资也非常地大。

他听了，就真的有一些为难了。

但他知道，他们的计划，却已经是板上钉钉的事。他已经与另一家公司签订了合同，如果别选地址或是不建商场，那他就都是违约。而一旦违约，他所投入的所有资金，都将全部泡汤。他就将再次变成一个一无所有的穷光蛋。

他真后悔当初为什么签订了这么样的一个合同。他想，如果当初签成违约支付违约金，那他也会比现在好过得多。但那时，他怎么会想到，在拉萨，在他计划修建商场的地方，会有这么样的两棵生灵呢？

他呆呆地看着眼前的这两棵树，感觉内心真是难以言喻。

他轻轻地抚摸着树的树杆。一棵树抚摸完了，又是另一棵。他在现场走来走去，就是围着这两棵树转。他转着，仿佛经历了一段千年的时空隧道。

最后，他吩咐身边的人，说，无论如何，就是不惜一切代价，也要想尽一切办法，把它们移植到另外一个地方，让它们存活！

后来，商场开始动工修建了，他也投入了商场的建设之中。那两棵树，当然已经按他的指示移植了。但是，在修建商场的过程之中，他却仍是异常的挂念它们。但因为太忙，他也没有时间去看看。他想，等商场完工了，他就去看看那两棵树现在怎么样了。因为，他听负责移植的人给他说，那两棵树现在长势还不错。

终于有一天，他有时间了。他叫负责移植的人带他去看看那两棵树。但负责的人听了，却一再顾左右而言他。他有点不祥的预感。他大声地质问，究竟那两棵树怎么样了？负责人无奈，只有带他去了。

一到现场，他就看到了两根大大的早就已经枯掉的树杆，正静静地躺在了地上，一动也不动，仿佛两个死去的人，正在露着无辜的表情，在看着他。

他当即就目瞪口呆。他突然感到自己，竟真的变成了一个一无所有的穷光蛋。

他怒火中烧，一把抓过身边负责那两棵树移植的人，一拳打了下去。当即，那人脸上就鲜血直流。

从此以后，他就每年自己组织造林队，义务为拉萨植树造林。

但无论他怎么做，他的眼前，都时刻闪现着两个影子，那就是：千年前的树和千年后的人的影子。

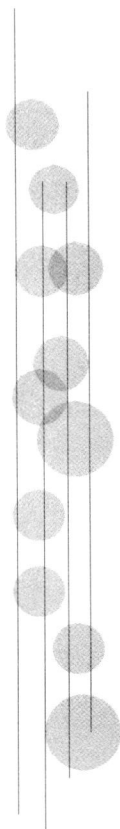

谁是猎手

第一次见到野狗，是在他十岁的时候。自从那以后，他就相信，人是没法与野狗较劲的！因为那次的经历，真是让他毛骨悚然。

那是一个月朗星稀的晚上。他父母亲有事，就把他委托给了八爷照看。八爷是一个无儿无女的孤寡老人，还是他们当地远近闻名的一个猎手。

晚上八点，八爷就带着他出了门。

一路上，他都是一言不发。八爷走在前面，还侧身拉着他的手。他们村周围都是森林，林子里面的猎物很多，八爷打猎都几十年了，所以，他知道八爷一定会选一个好地方打猎的。

果然，出了村子不久，八爷就对他说，伢子，我们先在这里呆着。

这里是一个小山坡，坡上到处都是浓密的草，人随便蹲在哪里，都不会有动物发现。而且，因为是山坡，视线好，可以借着明亮的月光打量周围。于是，他看八爷在一个地方蹲下了，就也跟在了他的身后藏好了自己的身子。

他看着八爷，八爷却一直在凝神屏气地望着前方，就犹如一尊雕塑，浑身动也不动。他的手指稳稳地扣在扳机上，仿佛随时都可能发出致命的一击。

突然，他听到前方响起了一阵窸窸窣窣的声音。他抬头，就看见了一只野猪慌慌张张地跑了过来。它先是在小山坡下顿了一下，接着又跑向了坡上某个草长林密的地方。那地方离他们不远。他惊喜地伸手指了指，八爷却对他做了一个动作，他用一个手指轻轻地压在了嘴唇上，意思是叫他别动，也别声张。他想，八爷这是怎么了？见了野猪也不打？以前，他可经常都见到八爷打了野猪回来。

正当他还在疑惑不解的时候，突然，那野猪竟又向坡下跑去。看着

野猪离去的身影，他问，八爷，这么好的机会，你怎么不开枪？

八爷立即就摇了摇头，说，伢子，不好了，今天晚上遇到麻烦事了！八爷说话的神情极度紧张。他还从来没有见到八爷这么紧张过。话一说完，八爷就连忙拉上了他，说，伢子，快点，我们马上到那棵树上去！他抬头，只见他们身边伫立着一棵大大的树。八爷拉着他，两步就靠近了树。八爷先把他托上了树，然后自己也几下就爬了上来。他们选了一个最高的树丫蹲着。八爷还是紧张地盯着树下。他们都没有动弹。

他不知是为了什么。刚要再问，八爷却又轻轻地把手指压在了嘴唇上。他连忙闭上了嘴。

刚闭上嘴的功夫，他就看到那只野猪竟又慌慌张张地跑了回来。这次回来，他发现它竟然像一只无头的苍蝇那样，到处乱蹿，还激起了林中一些小动物跑来跑去。他看着野猪，突然就听到了一阵阵的"呜呜"声。

这呜呜声瞬间就弥漫在了小山坡的周围，到处都有，而且听起来是那么的阴森恐怖，让人不寒而栗。他紧张地蹲在树上，用双手牢牢地抓住了树干，感觉自己的整个身体，都在不停地颤抖。他不知道发出这呜呜声的是什么。但他一听到这种声音，却就感到了一种侵入肌肤的冷。

呜呜声越来越近。没多久，他就看到了小山坡的四周，竟满是一盏盏如幽灵一般闪着绿光的灯！

是狼的眼睛！他轻声地惊叫。

不是，是野狗！八爷在一旁小声地更正着说。

八爷刚说完，那些眼睛就从四面八方向着山坡上聚集。不一会儿，包围圈竟越来越小，不多时，就传来了一阵阵激烈的搏斗的声音。明显，是野猪不甘心就这么被消灭。但是，可能就连两分钟都不到，就传来了一声声野猪惨烈的嘶叫。

他眼睁睁地看着，从野猪被野狗咬上的第一口开始，到整个野猪都被肢解吞下野狗的肚子，整个过程都不足十分钟！

他即使是在树上，全身也是抖个不停，内心恐惧不已。

不一会儿，野猪就已经不见了影子，就是滴落在草丛上的血，也被一些野狗舔了个干干净净。

然后，整个野狗群，就都昂起头来，对着夜空，发出了一阵阵"呜呜"的嘶叫。

等野狗全部离开后，他就对八爷说，我们下去吧，八爷。八爷却望了望他，说，伢子，不行，看来今晚我们是得在这棵树上呆一个晚上了！他大吃一惊，说，八爷，野狗可全都走了啊。八爷说，伢子，你看看山坡下面！他抬头，顺着八爷手指的方向，竟隐隐约约地又看到了几盏游离的绿灯。八爷说，伢子，这些野狗，可最聪明了，它们刚才仰天长嗥，就说明它们已经发现了我们，从而向我们示威。后来，见我们没从树上下来，就装着故意离去，却等在一边，一见我们下去了，就会马上又包围我们！

他一听，内心真是惊叹野狗的聪明。他现在已经丝毫不怀疑它们具有这种聪明。从刚才那么多野狗围猎一只野猪的情景看，就充分说明了这一点。它们完全就是一个集团军啊，把一只野猪逼到了这个小山坡上，然后再包围，并逐渐缩小包围圈，再活生生地肢解。

八爷说，它们才是森林中最精明的猎手啊。

那天晚上，他睁着双眼，就一直和八爷在树上呆了一个晚上。

多年后，他再回来了那个村子。因为邻近大城市，村子及周围的土地都已经被征用了。被征用的地上，建起了一排排现代化的房子。他问当年的村里人，这里还有没有野狗？村人听了，都笑了，说，哪还有什么野狗？你没见这里那么多的钢筋水泥房，哪里还有野狗生存的地方？它们早就没有影子了。

他无语了。想起当初那些如此聪明的猎手，他的心里都还会升起一阵阵莫名的悸动。那是恐怖的悸动。但是他没有想到，就是像野狗这么聪明的猎手，在人类极速奔向现代化的今天，却还是斗不动这些文明机器的操纵者：人。看来，当年他的认识其实也是有偏差的。

他站在那里，默默地环视了一下四周，再看不到当年的猎手，但他的眼里，却到处都是猎手的影子。

天堂的路有多远

弗利是我目前看到过的，体态最美丽优雅的一只搜救犬。

我带着弗利进入烟雾弥漫的地震灾区时，眼前废墟林立、满目疮痍的场景，让我感到一阵阵的揪心。我深深地吸了一口气，蹲下，用双手在弗利的头上轻轻地拍了拍，然后用手一指前方，说，去吧，弗利！

弗利一听我说完了这句话，马上就如离弦的箭，向前冲了过去。弗利的前面，就是一栋刚在两个小时前的一次特大地震灾害中倒塌的大楼。大楼已经完全辨认不出了原有的面貌，只能看到一些钢筋水泥板乱七八糟地倾覆在一片空地上。

我很快听到了弗利的尖叫声。和弗利一起冲向废墟的搜救犬有二十多只，但弗利是最先发出叫声的。我和同事立即赶到了弗利的身边。我们看到，弗利的脚下，是好几块水泥板支撑下露出的一个小洞。弗利正冲着小洞狂吠。根据经验，我们马上判断，这洞里面有幸存者！于是，来不及表扬弗利，我们就立即开始了营救工作。

想尽办法，终于，在两个小时后，我们救出了洞里的人。但刚救出他，我就感到自己的身体又猛地晃了一下。我的脑海中瞬间闪现了一个念头：余震来了！于是，我马上转身，向废墟边的空地跑。身后传来了大量倒塌的巨响，震得耳朵都痛了！

等我再次站稳身子，回头一看，刚才的废墟已然又下陷了好大一截！我瞬间意识到，废墟下等待营救的人们，生的希望又小了好多好多！

我发出一声口哨。这是我招呼弗利的方式。只要我一发出这种哨声，弗利就会马上赶到我身边。但这次，我吹了好几次，却都没有见到弗利朝我奔过来的身影。我冲到废墟的最高处，四处张望，还是没有见到它。我知道，弗利一定已经被埋在了废墟下面，而且，肯定是凶多吉少！我伸出衣襟，在自己的眼眶上狠狠地擦了擦。我发现衣襟马上湿了。我抬

起头，又向废墟走去。下面还有很多在等着我们救援的人。

救援工作进行了好久。到第八天，救援已经基本停下来了。地震后的黄金营救期已经过去。大型吊车开始搬运废墟里面的各种水泥板，清理场地。我随着吊车的开进，麻木地在废墟上转来转去，心中的疼痛却是越来越强。

吊车的隆隆声，让人的神志都有一点迷糊了。但突然之间，我却似乎听到了一丝丝声音从一辆吊车正吊起的一块很大很重的水泥板下传了出来！我的精神一振！这声音我太熟悉了！我马上赶到吊车前面，朝司机挥手，示意他快停下。司机一脸惊诧，按下了操作杆。我像风一样，冲到了水泥板下面！

我看到，刚刚吊起的水泥板下面，还有好几块水泥板覆盖在那里。但就是从这些水泥板的缝隙里，我听到了自己刚才听到的声音！我立即俯身从缝隙中看去，只看到里面黑糊糊的一团，但某种声音，虽然很微弱，却越来越清晰地传入了我的耳中！

我马上转身招呼救援队的同事。大家带着各种救援设备围了过来。

好久，水泥板的缝隙被越扩越大，人已经可以钻进去了。我第一个进去，顺着探照灯的光，我看到了一个熟悉的身影！它就是弗利！

其时的弗利，正一动不动地躺在地上，只有头还在不停地扭动，并发出一阵阵我早已经熟悉得不能再熟悉的吠叫。但它的声音却越来越弱，不用心听，几乎都听不出来了。我上前，一把抱住了它的身子。探照灯的灯光打在弗利的身上，我看到，弗利的身旁，竟然还躺着一个全身同样一动不动的老人！而在我抱着弗利的身子时，弗利却不停地扭着头，艰难地伸着自己长长的舌头，在老人的嘴上不停地舔舐着！

弗利和老人都救出来了。医生对他们实施了紧急抢救。

后来，老人醒过来了，弗利却永远离开了我们。

我听到老人醒来后问的第一句话就是，那狗狗呢？我身边的那狗狗呢？声调很焦急。

我们都很惊讶，不明白老人为什么醒来的第一件事就是问弗利。老人却说，本来自己被压在废墟下面都没有意志坚持了，但余震后，伸手一摸，身边竟然还躺着一只毛茸茸的狗狗。当时他心里就感叹，这小东西啊，为什么也陪着自己一起遭这不幸呢？那时他心中已经没有了一点点求生的欲望，只是等着慢慢地死去。但没想到，后来的好长时间，他都感到那狗狗在用它长长的舌头在他的嘴唇上舔着，还不时尽力发出它自己能发出的最大的叫声。每当它的舌头在他嘴唇上舔着的时候，老人就感到嘴唇上流着一丝凉凉的液体，从而减轻了越来越严重的干渴。之后，他的身体虽然越来越虚弱，但在迷糊之中，却依然一直感到有一个温软的舌头一直持续不断地在他的嘴唇上舔着！这样，直到最后，他都没有完全昏迷过去，从而支撑到了现在！

我一听，当即泪流满面。

后来有人问，我手机上储存的第一个名字"弗利"下为什么没有号码。我说，因为弗利远在天堂，它不需要接听电话。问的人用很奇怪的眼神看着我，不知所以然。我笑笑，告诉他，其实，天堂的路很近的，真的不需要打电话，只要我一看到它的名字，它就知道我在想它了。我说这句话的时候，抬起头，对天堂一脸的神往。

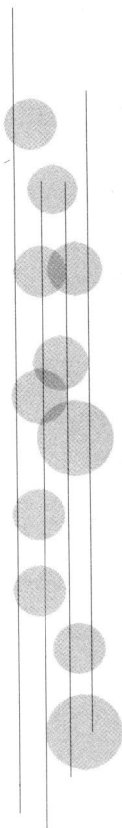

对面窗台上的女孩

　　我在新搬房子的阳台上浇花时，发现对面窗台上总有一个小女孩在看我。

　　小女孩很漂亮，头发很长，只是脸有些苍白，让人看了，会无端地生出一种怜爱。只要发现她在看我，我一般都会向她报之一笑，小女孩往往也会回报我一个灿烂的笑容。

　　好多天，我都有意无意地在窗台上摆弄着那些花。而小女孩，也就经常和我隔着一个窗台见面。

　　每每看到我在呵护着那些花，小女孩的脸上就会自然流露出一种羡慕之情。我看到她家阳台上空荡荡的，什么也没有。

　　一天，我问她，过来和阿姨一起弄吧？

　　两栋楼的距离不是很远，听到我这句话，她的脸上明显有了一种惊喜，但很快地，却又恢复了自然，并向我摇了摇头。

　　我问，怎么了？

　　她说，爸爸不准我一个人出去。

　　那你妈妈呢？

　　我没有妈妈。她落寞地对我说。

　　我有点意外，又说，看你也这么喜欢花，那阿姨给你送一盆过来，你自己弄弄，怎么样？

　　小女孩非常惊喜，但马上又说，但我爸爸……

　　你爸爸不准？是不是？我笑了，阿姨把花放在你门前，你过一会儿自己开门去拿就行了，怎么样？

　　小女孩的脸上绽开了花一样的笑容。

　　于是，在往后的日子里，我们这两个对着的阳台，就有一大一小两人，在一起摆弄着花。

　　我发现小女孩比我对花还要好，还要细心。每天，她都是早早地就给花浇水，一天还要浇好多次，但每一次都浇得很少，说是花也要"少吃多餐"。那盆花是喜光植物，所以，从上午到下午，她就不停地在阳台上变换着花盆的位置，以适合阳光的变化。

　　但突然有一段日子，我却发现小女孩好长一段时间都没有出现在阳台上了。我看着对面阳台上的那盆花，也日渐枯萎。我有些心痛那花，想毕竟还是小女孩，没有耐性，可能玩了一段时间，就没有兴趣了。内心很为那盆花感到惋惜。

　　就在我认为那盆花已经没有任何希望了的时候，小女孩却在她父亲的陪伴下又出现了。这次她的脸色更是苍白，原本飘逸的长发竟然变成了平头。小女孩一边给花浇水，一边对我说，阿姨，真对不起啊，我差点害了这花了呢。

　　我向她笑了笑，说，没关系的，你这不是回来了吗？它还有救。

　　小女孩的父亲向我点了点头，我发现他情绪好像有点不太好，只点了一下头，就转过了身，背对着我们。我看到他在捋衣袖。我的内心隐隐有些不安。

　　当天晚上，小女孩的父亲来找我。一看我，他就说，这么晚打扰你，真不好意思。

　　我预感他似乎要对我说什么。

　　果然，他说，这孩子，从小就没有了娘，是我一直把她带大的。没想到，在不久以前，竟然查出她得了血癌！

　　我一怔，明白了小女孩头发变少的原因，肯定是化疗造成的结果。

　　他又说，得了血癌之后，好长一段时间她都郁郁不乐。后来，偶然见到你在阳台上摆弄那些花，她才变得开朗起来，并说那个阿姨好会养花。可惜我要挣钱为她治病，也没有顾上她的这个要求。后来一天，她异常高兴地对我说，阿姨送了一盆花给她！从此，她就一直和你在一起弄花。但是，她的病却还是越来越重，最终，只有进行化疗。但在医院的这些日子，她却一直都在牵挂着那盆花，说是不能辜负了对面阳台上的那个漂亮阿姨。这样，没有办法，我今天就只好陪着她回来看看了。

　　听到这里，我已经是泪眼蒙眬。

　　第二天，我到了小女孩家。小女孩一看是我，非常高兴。她拉着我到了她家的窗台上，指着花对我说，阿姨，你看，我昨天回来，今天这

花就又长好了呢。我说，是啊，你真行！阿姨感谢你呢！小女孩却回过头，很为难地说，可是，阿姨，爸爸说我今天必须得回医院去，这可怎么办？我抚摸着她的头，说，孩子，没关系，你放心，这盆花阿姨来帮你照看！小女孩听了，高兴地跳了起来，搂住了我的脖子，说，阿姨，你真好！

没多久，对面窗台上的那盆花就又郁郁葱葱了，而我，则每天都用手机拍一张它的照片，然后拿到医院里，给小女孩看。我发现小女孩苍白的脸上，竟然也像花一样，越来越绿意盎然。

我明白，这绿意，是生命之于生命的一种用心呵护的结果。

两个八点钟的故事

萧方早上 8 点起床后，感觉有点百无聊赖。

他先是在自己的房间里转了一圈，然后还是感到无事可做。于是，他便又上床躺了一会儿。越躺越觉清醒，于是，他又爬了起来，从床底拿出了一支前两天才从朋友那里借到的气枪。

拿着那支气枪，萧方感觉自己有一种很特别、很奇怪的恍惚，仿佛自己是在梦游似的。他拉开了窗帘，看到窗台上有好多只不知是哪户人家养的鸽子正悠闲地在那里觅食，他的心中便下意识地将气枪架在了窗台上，然后静静地眯缝着眼，扣动了扳机，鸽子一头就栽了下去。

萧方看着鸽子掉下去的优美线条，心中不禁有一种成就感：看来自己的枪法的确不错。

他拿着乌黑锃亮的气枪，又开始寻找下一个目标。无奈，因为刚才掉下去的鸽子，其他的鸽子都被吓得飞走了。萧方一时还找不到合适的目标。正当他的目光在四处巡视时，他看到楼下梧桐树下停着一辆车。于是他便想，把轮胎当靶子打一下，看怎么样？于是，他又端起了气枪，瞄准了那辆车后轮胎白晃晃的芯子，萧方一枪打了出去。

萧方看到，他扣动了扳机的同时，车里刚好出来了一个人，一个身着旗袍、身材苗条的年轻女人。萧方还看到，那女人一出来，就马上蹲了下去，并且还手捂臀部。她一袭鲜亮合体的旗袍在梧桐树下显得赏心悦目，只是她的动作有些尴尬，但这却也令人瞩目地给她的姿容增添了某种娇羞和柔美之态。同时，萧方看到，从汽车的另一面钻出了好几个人，他们都在对着周围的楼房指指点点。萧方忙把窗帘拉上了一点，隐住了自己的身子。

那群人指点了好一会儿，终于没找出缘由，便只得向附近的一幢楼里走了过去。年轻女子显得气吼吼的，但也多少有些故作姿态，一只手还捂着臀部，走路一歪一扭。萧方看着她走路的姿态，心中无端地涌起了一种快感。那群人走到楼口时，还在紧张而盲目地向着四面张望。

过了一会儿，萧方又看到街道这边的另一棵梧桐树下，站着一个长发披肩、身穿黑衣黑裤的女子。她还戴着墨镜，估计年龄在 20 岁至 30 岁之间。和刚才的女子相比，她们的穿着风格真是迥然相异，她的那身乌漆墨黑的无袖紧身短衫和直筒皮裤使她表现出了一种肆无忌惮的"品性"。而这种一目了然的激情让萧方的心中更是升起了某种莫名其妙的渴望。

他瞄准，集中注意力，屏气凝神，又扣动了扳机。

铅弹虽小，这一击却极其尖锐而沉重，使漫不经心的黑衣女一下子风卷残叶似地离开了地面，手捂胸部，撞在了背后的梧桐树上，并发出一声凄厉的喊叫。

看她手捂胸部的动作，萧方就明白自己击中的是什么地方。他静静地看着那女子从地面爬起，然后飞快地离开了他的视线。奇怪，看着那女子摇动的身躯，萧方竟有了一种莫名的满足感。

这天夜里 10 点左右，有一对恋人在下面的人行道上旁若无人地相拥相偎。他们的嘴巴都贴在对方的耳畔，样子正在互诉衷肠。虽然梧桐树宽大的枝叶覆盖在他们的头顶，但街口的照明灯、霓虹灯仍使他们的身影清晰可辨。

突然，男孩做了一个猛烈的动作弄疼了女孩，女孩忽然就撒手惊跳了起来。任何一个旁观者都会认为男孩对女孩非礼了，但男孩的双手马上就紧紧地捂在了女孩的腰间。

有人似乎听见天空中有一种奇怪的声音。

女孩惊跳如飞，她的双手紧捂腰部，一侧乳房显得特别突出和饱满，仿佛胸脯爆炸。

凌晨，当萧方正拿着气枪又瞄准了一个新目标时，他的门铃突然响了。他连忙收起气枪，拉上窗帘，然后跑到门后，通过门上的孔向外望。这时，他看到了一群人站在了他的门前，其中的一位身着旗袍、手拿望远镜的女孩他觉得非常面熟。他想了一会儿，忙又折过了身，来到了阳台上。他想把气枪藏在窗户上方的空调机上面的挡雨板上。这台窗式空调机是前不久萧方的一位朋友换房时淘汰下来送给他的，两个星期前才装上。结果，他爬到窗台上，没能把气枪放稳，身体却失重地随下坠的气枪一块栽了下去。

他下坠的姿势，和他打下的鸽子的下坠姿势，真是一模一样。

这时，刚好是第二天的早上 8 点。

张学柱的专有名称

他们说张晃晃在东莞发大财了。"晃晃"并不是一个人的名字，而是这个村对二流子的一种称呼，专指整天无所事事、游手好闲的那类人。用"晃晃"来称呼二流子，是这个地方的专利。

张晃晃得到这个荣誉称呼已经有好多年了。正如一个大家所熟知的生活常识所说的那样，正牌老婆比不上二奶。张晃晃这个名字，就远比他的学名要闻名得多。几乎可以说，人们已经完全忘记了他的正名，只记得他的这个有"二奶"嫌疑的诨名了。

张晃晃是在三十岁的时候去的东莞的。去的理由很简单，也很现实。简单是因为自己家里房子倒了，现实是因为自己要找新的住处。

张晃晃刚说自己要离开老家时，乡亲们每人的脸上都挂着过年时才有的但却强迫自己不表现出来的那种暗藏的欢乐。张晃晃一离开，整个村子马上一片欢欣鼓舞。人们觉得再也不用压抑自己的情感了！村子里前所未有地进行了一天一夜的狂欢。在狂欢的时候，最著名的，但却早就失业了的算命先生王发运捻着自己的胡子说："天下太平，但东莞遭殃了！"

因为所有人都知道张晃晃是要到东莞去。

去干什么，大家都不知道。但大家都认为张晃晃到东莞，是他这辈子做的最正确的一次决定。

过了几年，张晃晃的影子已经从村民的心目中淡去了。他以往在村子里的那些恶行，虽然还不时有村民提起，但现在大家已经不再谈虎色变了。毕竟，他已经不在大家的视线里。当然，大家都希望他永远不再出现在自己的视线里。

但现实往往就是让人出乎意料。就在张晃晃的阴影已经就要完全从村民的内心消除之际，却突然传来一个消息：张晃晃在东莞发大财了！

如果只是这样一个消息，大家倒不会惊慌失措。关键是这消息还说：张晃晃发财之后，要马上从东莞回来了！

这下子，整个村子马上就沸腾了。大家都纷纷议论，说这小子以前没钱的时候，就无恶不作，横行乡里，现在兜里有了钱，有了坚实的"经济基础"作为后盾，那回来后，还不更是无法无天？

村子里的所有人，都觉得好不容易得到的这几年的安生日子，马上就又要一去不复返了。因此，每个人都觉得闷闷不乐，似乎马上就又要有什么弥天大祸来临一样。整个村子，又陷进了一种绝望的氛围之中。

但张晃晃却还是出现在了村民们的面前，回到了家乡。

在张晃晃回来的那一天，村子里所有人家都关上了门。原本喧哗的村子，竟然变得异常安静。这让张晃晃觉得很是奇怪。张晃晃是坐着"宝马"回村子的。还专门聘请了一个司机。他本来觉得自己这次回来，村民们一定会夹道欢迎。因为在回村子之前，他就已经通过在东莞打工的一些老乡给乡亲们放出了风，说自己要回去了。没想到，一回到村子，见到如此冷清的场面，张晃晃马上就感觉有一点头晕！他让司机把宝马从村口一直开到自己曾经居住过但现在已经完全坍塌了的房子面前，却还是没有见到一个村人。张晃晃内心一种失望情绪就如一锅水被飘浮在上面的一层厚厚的油堵住一样，感觉憋得慌。他让司机停车，然后自己下车想看个究竟。

和张晃晃一起下车的，除了司机，还有一个美女。

这是一个让人一看就印象深刻的美女。美女之所以美，绝对不仅仅是因为外形，而是有内在的决定因素。而这个美女让人一看，就绝对对这个道理更有深刻的体会。因为她的身上，完全透露出了一种内在的让人不得不逼视的气质。

美女一下车，就望着张晃晃笑。这笑，让张晃晃有点不好意思了。他不得不说："你看，虽然我以前住的地方……有点不行……"

"什么地方不行啊，"美女继续笑着，说，"我看你以前在这个地方的人缘也不怎么样吧？"

"这，这不是有客观原因的吗？"张晃晃尴尬地说。

"那我们先实施我们的做法吧？"美女说。

"好吧。"张晃晃掏出手机，打了一个电话，然后转过头，再对美女说："我叫他们马上把东西拉进来。"

　　过了一会儿，几辆大卡车从村口开进来了。张晃晃叫卡车也停在自己的家门口，然后自己和美女跳上一辆车，美女手里拿了一个高音喇叭。

　　车子一发动，张晃晃就指挥着司机在村子里到处转，而那个美女则用喇叭大声地喊话。

　　美女的声音一出，几乎全村的人都听到了。这个村子本来就不大，而且大家居住也相对集中，所以，只要在村子里的人，在这么高分贝的喇叭声音的轰炸下，就不可能听不到美女的声音。

　　美女的声音也很甜。

　　但所有听到喇叭声音的人，却都有点不明所以。

　　美女在喇叭里喊的是："所有村民，大家都出来吧，张学柱回来了，他要给大家一个惊喜！只要大家现在到他家门口，马上就会有免费的家电赠送！"张学柱就是张晃晃的学名。

　　但听了美女一遍遍的召唤，所有村民们却都不敢相信，更不敢去领。有的人甚至觉得，这张晃晃是不是又有什么针对大家的阴谋了？本来也是，凭什么他一回来就送大家东西啊？

　　美女继续不厌其烦地喊着话。最后，她的声音都哑了，却还是没有一个人出来。

　　张晃晃无奈地摇了摇头。

　　他从美女手里拿过了喇叭，然后清了清嗓子，用很郑重的语气说："各位，我张晃晃以前是有很多对不起大家的地方，但现在，我回来却绝不是给大家添麻烦的！大家一定要相信我！相信我的诚意！"

　　张晃晃也反复喊了许多遍。终于，一个老头子拄着拐杖出来了。老头子走路都颤颤巍巍的，似乎完全弱不禁风了。张晃晃一眼就看出他就是早就失业了的算命先生王发运。他马上跳下车，一把抱住了王发运，激动地说："王老人家，看来还是你明白我张晃晃的心意啊！"

　　王发运的胡子很长，张晃晃抱住他，他的胡子就完全覆盖住了张晃晃的脸。王发运的嘴就在张晃晃的脸上晃动着，说："我来，是想问问这个小姐一件事。"

　　王发运松开张晃晃，看着他身边的那个美女，说："小姐，你是广东人吧？"

　　"是啊，"美女用广东味很重的夹生普通话回答，"我是东莞的。老人家，你有什么事问我？"

"小姐啊，"王发运又捻了捻自己的胡子，顿了一下，才缓缓地说，"我想向你求证一个事。"

"求证一个事？"美女望着王发运，等着他问。

王发运看了看美女，再看了看张晃晃，又看了看美女，说："这东莞，这几年没遭殃吧？"

"遭殃？遭什么殃？"美女有点不明所以了。张晃晃也凑了过来，问："王老人家，你怎么问东莞遭殃了没有呢？那里很好啊，否则，你看我，会在那里发财么？"

"这倒也是，这倒也是！"王发运摇了摇头，颤巍巍地往回走。

"老人家，你不要家电吗？"美女在后面问。

"不要了，不要了，看来我的算命，真的不准了啊。"王发运回答。

终于又有一个胆大的出来，站在了卡车面前。张晃晃问："你要什么？彩电、冰箱、洗衣机都有。"

"没什么条件吧？"那人狐疑地问，"真是白领的？"

"当然啊。"美女回答。

那人走向卡车，上面几个工人给他搬了一些东西过来，然后叫他选。

他选了一台冰箱。但他一个人抬不动。美女说："你叫你家人一起来抬吧。"

没多久，那人家里出来了几个人，把冰箱抬了回去。

这几个人边抬冰箱，边用不相信的眼神看着张晃晃。张晃晃都认识他们几个，他刚要开口打招呼，美女却用手捂住了他的嘴，用手示意他不要说话。美女说："你现在不要着急，过一会儿，就会有效果了！"张晃晃无奈地点了点头。

果真只过了大约一根烟的工夫，就陆陆续续有人出来领东西。

这一天，所有东西几乎都发完了。

过了两个月，张晃晃的工厂在村子里建了起来。

厂子里请的，全部都是本村工人。

在厂子完全走上正轨后的一天，张晃晃在家里抱着那天跟他一起回来的那个美女，说："老婆，感谢你出了那么一招！否则，我想在村子里建厂，想为村子里作贡献，可能都不会有人相信我呢。"

"这没什么。"美女依偎在张晃晃的怀里说，"以前这里的人对你印象不好的事，我早就知道了！我想你要回来办厂，怎么都得先改变大家对

你的看法。其实，我也是借鉴了东莞最初搞的家电下乡这个做法。大家得到实惠了，也就会相信你了。"

"看来要办事，要为乡亲们办点实事，也要先改变乡亲们对我的印象啊。"

"是啊，这也是东莞经验呢，钱不是万能的，万能的是人！"美女笑吟吟地看着张晃晃，说，"我说的对吧？"

"对啊，东莞经验，肯定对啊！"张晃晃一口亲在了美女的脸上，"要不是有你这个东莞老婆，我张晃晃说不定还是晃晃呢！东莞经验看来真是好啊！"

张晃晃和老婆说话的时候，村子里的村民们正开会通过了一项决议。决议决定：今后"晃晃"这个词，在本村，不再是"二流子"的专有名称了，而是张学柱一个人的尊称。

因为张学柱的工厂，就叫"张晃晃肥料加工厂"。

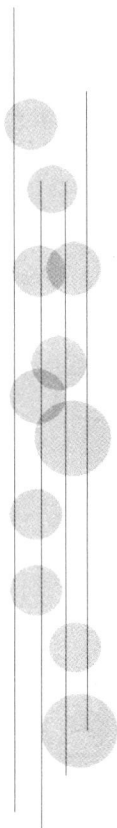

谁叫你乱说话？

盛发公司董事长陈悦这一段时间心情很不好，近来老是有人投诉他们公司为了经济效益不择手段，在公司的发展中损害了许多市民的利益。有媒体已经在报道"某公司"的种种劣迹了，虽然没有指名道姓，但明眼人一看就知道说的是谁。市里相关部门也来找过陈悦几次，叫他注意一点影响，别认为自己是纳税大户，就可以为所欲为。所以，陈悦很是窝火，这几天都在冥思苦想改变公司形象的办法。

真是时来运转，今天，陈悦在走出自己公司时，一不小心，就在门口捡到了一千元钱！

一千元钱对现在的陈悦来说，当然不算多。他眼珠一转，就计上心来，马上就叫来了公司宣传部门的主管卉来世。卉来世是一个在盛发公司干了十好几年的老员工，几乎从陈悦刚开始创业时，就一直跟在了他的身边。盛发公司能有今天的规模，并广为人知，与他的市场推广做得好是分不开的。

卉来世三步并作两步赶到了陈悦的面前，问："陈董，有事吗？"

陈悦把手里的钱在卉来世的面前晃了晃，说："卉经理，我拾到了一千元钱。"

卉来世接过，打开一看，还真的是一千块钱。他一看陈悦的脸色，就问："董事长，你是不是有什么想法？"

陈悦点了点头，用欣赏的眼神看着卉来世，说："还是你理解我内心的想法啊，我都还没说，你就知道了。"

"这当然了！"卉来世说，"这都不清楚，不是白给陈董混了这么久了吗？"

当天下午，卉来世就召集了公司宣传部门的所有人员开会。在会上，他先向大家说了董事长在公司门前拾到一千元钱的事。

有人说："是不是董事长叫我们给他在媒体上宣传一下，找一下失主？"

马上就有人说："一个身家过亿的大老板，拾到一千块钱去找失主，别人会认为我们是在故意作秀的。"卉来世听了，点了点头，并问："那你有什么办法，小王？"

小王是卉来世一个精明能干的部下，他顿了一下，说："我看，我们在与媒体合作时，不要向外界说这个钱是董事长捡到的。"

"不说是董事长捡到的？那说成是谁捡到的？"卉来世有点感兴趣了。

"我们是一个大公司，但前一段时间公司却接收了一批下岗人员。"小王说，"他们来我们公司，董事长是迫于社会压力，而且也是为了公司的面子工程才接收了的。但后来大家都知道董事长后悔了，认为这笔买卖得不偿失，是公司的累赘，这样，就基本上都让他们做了公司的勤杂工。就是他们中的有一些人，到外面乱说我们公司损害市民利益的。"

"你的意思我有点明白了。"卉来世笑了笑，说，"你是不是想说，我们叫他们中的一个人出去作秀，会更有噱头也更有说服力的？"

"是啊，一个公司刚接收的下岗工人，而且是家庭条件特别困难的下岗工人出现在了大家的面前，你说，还会有谁会认为我们在损害市民的利益？"小王反问。

"那当然是不会了！"卉来世赞许地看着小王，说，"看来，你肯定已经有合适的人选了？"

小王点了点头，说出了一个名字。卉来世说："真是英雄所见略同，我想的人，也是他呢。"

这个合适的人选就叫张元。张元原来在企业也是一个业务骨干，只是后来因为企业经营不善，没办法，才四十岁就不得不下岗了。他家条件很差，有一个老妈，都六十多了，卧病在床已经十多年。张元的妻子前几年因为出了一场车祸，一条腿被撞断，也只能在家里，什么都干不了，更别说挣钱了。张元有一个二十岁的女儿，正在读大学。想想看，他家的经济压力可想而知！卉来世上报陈悦后，陈悦对张元这个人选相当满意，并吩咐卉来世一定要把这个事做大做强。

本来张元被重新安置到盛发公司来上班，还感觉很高兴。这毕竟是一个在本市赫赫有名的大公司啊。他想自己终于又英雄有用武之地了。没想到到了盛发公司，公司却只安排他当了一名打扫楼道的清洁工！你

想想，一个正当壮年的男人，被安排干了这么一个活，能心里好受吗？而且每个月的工资也是少得可怜。

但为了家里面开销，没办法，他也只有忍气吞声地留了下来。

这天张元正在清扫楼道，公司宣传部门的小王来找他了。张元一愣，想："莫不是公司连清洁工都不想让我干了？"想是这么想，但他还是到了卉来世的办公室。

卉来世满脸堆笑地向张元交代了公司的安排，问他愿不愿意，并说事情办完后不会亏待他。张元又愣了一下，想原来不是叫我卷铺盖走人啊？他马上就爽快地答应了。不过卉来世却说："你上媒体时，却不要向记者说是捡到了一千元，要说成是捡到了十万元！"

张元愣了一下，说："十万？那可是好大一包钱，别人会信吗？"

"你就说是拾到了一个麻袋，里面装着那么多钱就行了。"卉来世说。

"为什么要十万那么多呢？"张元问。

"那样别人才会关注嘛。"卉来世说，"如果说你捡到了一千块，哪个媒体会理你？"

卉来世按了桌子上的一个按钮，马上几个早就准备好了的记者就扛着摄像机走了进来。

第二天，本市最重要的电视台和报纸，就同时出现了盛发公司贫困职工张元拾到十万元钱在招领失主的报道。在报道中，提到了张元拾到钱的准确时间和地点，还拿出了那个装钱的布袋，说就是在盛发公司的大门口，要市民们及时来认领。当然，最主要的，还是特意用特写镜头播出了张元躺在床上的老母亲和失去了一条腿的妻子的形象。报道无一例外地说，是盛发公司给张元提供了工作的机会，最后，媒体上就会出现张元和他的老母亲、妻子一起幸福地在家生活着的情景。画外音配的是："感谢盛发公司，给了我们这样幸福生活的机会！盛发公司，真是一个顾及普通市民利益的好公司！"

陈悦在电视前看着张元，就得意地对卉来世说："你看看，现在还有谁会说我们对市民不好，损害了市民利益？这个下岗工人，就是最有力的证据了呢。"

卉来世马上谄媚地说："是啊，老板，你这一招真是一举多得啊！"

过了一段时间，有一件事却让陈悦和卉来世始料不及。原来，竟然有个女孩领着一大群记者真的来认领那笔钱了！那是一个年轻的女孩，

大约二十来岁。卉来世吃了一惊，说："你有什么证据？"那女孩说："我有录像为证。"说完，女孩就拿出了一盘录像。卉来世一放录像，马上就目瞪口呆。原来，录像里的场景，竟真的是一个女孩，身上挂满了各种各样的布袋走过盛发公司门口的情景。而且，在她刚走过盛发公司门口时，那些布袋中的一个，就突然掉了下来，但女孩却浑然不觉还是往前走过去了。录像上显示的女孩那个布袋掉下来的时间，竟然与张元在电视上说他捡到钱的时间只差十五秒钟！而那个掉下来的布袋，竟然与张元在电视上所展示的那个布袋一模一样！

卉来世一下就怔在了那里，他连忙向陈悦汇报。陈悦来了看了那盘录像后，也呆在了那里，说不出了一句话来。一干记者不停地在他面前闪动着镁光灯，要他说说自己公司出了张元这么一个优秀员工有什么感想？当然，所有的记者都还问了陈悦一个问题，那就是："你们公司以后还会接收下岗工人吗？"

陈悦看了看大家，说："这个问题由我们的卉经理来回答吧。"说完，就铁青着脸，转身走了。

记者们问卉来世。卉来世却有气无力地回答说："我看，接不接收下岗工人我不知道，但我知道，我肯定是已经下岗了！"

第二天，张元回到了家里，问自己的女儿："你怎么就拍了那么一段录像呢？"

他的女儿俏皮地一笑，说："我怎么知道啊？你知道我是学美术的，那天和几个同学突发奇想，想到本市最大的公司盛发公司门口去搞一些行为艺术，就那样把那段场景给拍下来了。谁知道会那么巧呢？"

"是啊，真是巧呢。"张元看着女儿，笑了。张元的女儿，就是那天到盛发公司去领钱的那个女孩。

静思的天空

初中快毕业那阵子，静思 16 岁。

一个清晨，静思还是像往常那样，早早就来到了教室。那天早上很冷，他推开教室的门，照例坐到了自己的位置上，然后拿出书，开始按计划复习。

天还没有亮，起床号还要一个小时后才吹响，窗台外一片黑色的朦胧。教室里很安静，静思点亮了自带的蜡烛，将蜡烛固定在桌子的边缘。

蜡烛很小、很细。静思住校，一个月回一次家。每次回家，父亲都把一小叠皱巴巴的钱递到他的手里。那是静思一个月的生活费。那些钱，全散发着父亲身上微醺的汗味。所以，到了学校，每一分钱他都要节约。买蜡烛也不例外，静思只能买最便宜的那种。这种蜡烛因为便宜，所以质量不好，有时燃着燃着，就会从中间折断。静思经常受蜡烛折断之苦。有时正在看着书，却突然眼前一黑！等手忙脚乱地把蜡烛重新接好再点燃时，原先记过的东西，又已经在大脑里没丝毫痕迹了。

静思开始了复习。教室里只有静思一个人。静思的室友们都还在睡觉。他们一般都是等起床号响起后再起床。当室友们都还在酣睡之中时，静思就轻轻地起来，然后轻轻地穿好衣服，再轻轻地从上铺滑到下铺，之后蹑手蹑脚地拿起书本，出寝室，向教室方向赶。

教室里的烛光很微弱。但静思却觉得很亮。甚至静思还通过这微弱的烛光，看到了父亲摇曳在光影中斑驳的脸影。

静思的心沉进了书本之中。

静思将一个化学方程式在自己的头脑中一遍遍地反复。静思的各门成绩都好，但就是初三新开的这一门功课化学不怎么样，所以，静思一般都会在化学上多花一点时间，以求这门功课的成绩也能上去，不至于影响自己的总体成绩，更不至于影响自己升学的梦想。

　　但是，不管静思怎么记，那方程式却都像一个乱七八糟的迷网，让静思怎么都走不进去。静思强迫自己，一定要把这个方程式记住！他感觉自己的手好冷、好痒。他把书放在桌子上，然后将两只手相互握着。静思的手上已经是千疮百孔。这是因为生了太多冻疮的缘故。冬天虽然已经过去，但初春的大气却更让人感觉寒冷。静思因为每天都是起早贪黑，手上又没有什么防护措施，甚至连一双手套都没有，所以，一双手就生了大大小小几十个冻疮，有的时间久了，还溃烂流脓，散发出一阵阵恶臭。

　　静思的双手就那样互握着，但却还是很冷。他有点受不了了，就站起身，躬起背，眼睛还盯着平放在桌上打开了的那本书，然后把手伸向蜡烛的火苗，想先烤一下暂时缓解一下手的痛苦。但手接近了蜡烛之后，手上的温度也就随之升高，温度一升高，静思的双手就痒得更厉害。突然，他大叫了一声！原来他把自己的手碰到了火苗上！火苗一点都没有顾及静思的用心，就狠狠地烫了他一下！静思感觉一阵钻心的疼痛一下就袭了过来。手忙脚乱之中，他看到自己生满冻疮的手，轻轻拂过了蜡烛的半身腰。静思大脑中的方程式也一下就不见了踪影。

　　蜡烛一下就折断了。

　　静思看着断了的半截蜡烛掉向了桌子的一边。

　　蜡烛在掉下去时，竟然还没有熄。

　　静思怔怔地看着那滑下去了的一道光。

　　静思的大脑中就突然又涌现出了那个令自己费解的方程式。刚才它还无影无踪，却在突然之间又蹦回了静思的脑袋，让他难缠。静思觉得头都大了！

　　静思也随着那道烛光倒了下去。他的眼睛睁得大大的，眼神中划过了一道光的影子。

　　静思什么都不知道了。

　　静思醒来后，发现自己在医院里，四周都是雪白雪白的墙。

　　静思第一眼看到的，就是班主任李老师。静思看到李老师，感到人有点恍惚，不知道是怎么回事。李老师看他醒了，也终于松了一口气，把手伸过来，握住他的手，说，你怎么能这么拼命呢？你为什么要这么拼命呢？说着话，李老师的眼角，就渗出了一点点晶莹的东西。静思知道，那种东西的化学构成，是 H_2O，也就是俗称的水。

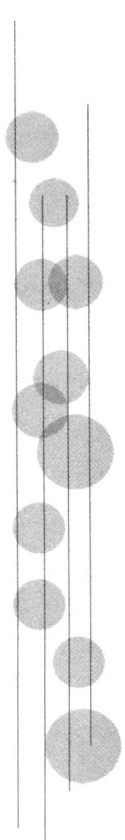

静思看到父亲赶了进来。

父亲明显赶得很急，虽然是在寒冷的初春，额头上依然滚动着一粒粒豆大的汗珠！他走到静思的床前，看着静思的脸，已经再也忍不住，用手捂住嘴，哽咽起来。

一个警察在护士的陪同下走了进来。护士很不情愿，嘴里还在说，他都这个样子了，你还调查什么啊？警察也无奈地摇了摇头，然后就又转身走了出去。静思听到他在出门时，说，真是天下第一勤奋用功之人啊。可是，教室里的失火事件，可……？刚说到这里，他就突然意识到什么，然后就闭嘴走了出去。

静思一下头就大了，他身上的力量一下就涌了上来。他一把抓住了父亲的手，说，爸，教室里失火了？

静思的父亲还在哽咽，而李老师则抬起头，望着静思，缓缓地点了点头。在点头的同时，李老师又连忙说，不过你放心，静思，我们都给学校和派出所说了，说那是意外失火，你就安心地养身子吧。

什么？静思的头一下就轰鸣了起来，他怔怔地看着李老师，又呆呆地把目光从李老师的身上移开，缓缓地移到了父亲的身上，良久，才从胸腔里逼出了一连串的音符：爸？爸！教室失火了？那我的书，我的复习资料，岂不是全都没有了啊？那今年，我岂不是考不上中专了？那爸，你不是又要多受一年的苦了？！

所有的人，都抬眼望向了静思。而大家看到，静思的脸，则转向了病床外的天空。那片天空，映着静思全是烧伤的那张脸，显得好低沉。

天 梯

她俯望天梯，那是一个 6000 的数字。

她的心，一直在震颤，脑海里一直都是刚才的情景。

那是一幅怎么样的情景啊：今天凌晨 3 时许，他像往常一样起床去地里看庄稼——猴子、野猪等动物常常半夜来糟蹋——约一个小时后，他回到家，刚在床头坐下，就突然栽倒了下去！

"小伙子，怎么了？快起来！"她惊慌扑上去，拼命摇动他。他毫无声息。

"儿子，快来，你爸不行了！"黑暗中，她冲到半坡山顶，对着山下凄厉地喊，全不顾住在山脚的儿子能否听到。山间，只有她自己带着哭腔的回音，和雨滴打在树叶上的声音。

她怎么都不甘心：他怎么能就这么样就走了呢？他们在一起都半个世纪了啊。她不能让他这么轻易地就离开了她！她又踉跄着跑回屋，奋力将体重是自己近两倍的他扛上床，盖上铺盖——海拔 1500 米的山顶半夜很冷。

"下山找儿子。"这是她现在唯一能想起要做的。她拿起电筒，在夜雨中往门外冲去。

一出门，那 6000 级的天梯，就呈现在了她的面前。

这是一道怎么样的天梯啊。半个世纪的时间，从他们第一天进山起，他就开始修筑了。五十多年前，一个比他大 10 岁的寡妇，也就是她，和他相爱，遭来村民闲言碎语。他们携手私奔到这个与世隔绝的深山，过着近似刀耕火种的原始生活，靠野菜和双手养大 7 个孩子，互称"小伙子"和"老妈子"。

她的泪一直在流个不停。夜雨也一直在不停地下，仿佛在配合着她的心情。

几个孩子，长大后相继下了山。但她和他，却一直都守着这个他们幸福的蜗居。他们是舍不得这里。因为这里就是他们爱情的见证啊。

她开始迈向了天梯。

湿滑的天梯上，她第一次嫌这 6000 级要走这么久。她一次次摔倒，一次次爬起来……但每一次，她都靠着异常顽强的毅力又站起来！

她又一次摔倒了。她听到了自己身体摔在地上发出的一声撞击声，也感觉到了一阵疼痛正在袭来。但她顾不得了。她不管不顾地撑起了自己的身子。但就在她抬头的一瞬间，她看见了前面闪动着的两点绿光！

凭她在山里多年的经验，她知道那是什么。那就是野猪啊！

野猪一般半夜出来活动时，肯定就说明它们饿极了！否则，它们一般都是在白天活动的。

她的心一下子就凉了！

那两点绿光，却越来越靠近了她，到后来，那两点绿光，基本上已经靠近了她！她完全能听清楚野猪喘息的鼻息了！

她真是无计可施了。作为一个七十多岁的老人，她知道，自己已经在劫难逃！

她完全绝望了！转过了头，她想看看山顶上那座小屋，小屋里有她的他，虽然她知道他现在正躺在床上动也不动。

但她刚一转过头，就看到了另外两点绿光！

天！原来自己的身后竟然还有另外一只野猪啊。

她看了看自己，又看了看天梯下面的悬崖，就想纵身一跃！

但是，就在她刚刚想挪动身体的时候，却看见前后两点绿光突然如箭一般移动了起来！

她的眼睛干脆闭了起来。

但是，在此后几分钟的时间里，她除了听到撕咬的声音之外，却在自己的身上没有感觉到任何疼痛！

她很奇怪。她睁开了眼。她看到了一幅很让她感觉意外的情景：两只野猪竟然打了起来！

她一下子就怔住了！

她站了起来，呆呆地看着野猪。

她打开了刚才因为惊慌关掉了的手电。在手电的光里，她看那两只野猪，怎么都不相信它们能打起来。这山里就只有这么两头野猪了。她

平时就经常见到它们在深山里相亲相爱地游荡了。那时她和他，还很羡慕它们呢，说它们真是一对好夫妻啊。

没想到，半夜里，它们却打了起来。她相信，它们肯定是为了她！

她站在旁边。

突然，她听到上面发出了一声大大的喊叫：老妈子，你怎么了？

突如其来的一声喊，她不仅吓了一跳，两只野猪也吓了一跳：它们本来正在为争一顿像她这样的美食而拼命啊。

两只野猪已经咬得血肉横飞，嘴还互相咬着对方的要害部位。突如其来的一声喊，两只野猪都一个激灵：然后就在一呆之下，同时都摔下了天梯边的悬崖！

她看到了上面一个人，正在缓缓地倒下。

她又奔了上去。她扶起了他，看到了他苍白的脸。

她说，你出来干什么嘛？夹带着雨和泪。

他说，我一醒来，不见了你，就出来了。

她说，我是去给你叫医生了。你干什么要出来嘛，好好地待在家里。她说着话，却发觉他已经又听不到她的声音了。

她艰难地又把他拖进了屋。

她又开始面对着那 6000 级的天梯。

要知道，这天梯，可是在五十年前，为让她出行安全，他在开始忙着在悬崖峭壁上凿石梯通向外界的一项巨大工程啊。这一凿就是半个世纪，他从小伙子凿成老头子，才终于凿出了这 6000 多级的"爱情天梯"。

她走在那 6000 多级的天梯上，看着悬崖下那两只野猪摔下去的身影，竟然笑了。

那座叫半坡头的山脚下，那 6000 级天梯的起点处，一切依然。

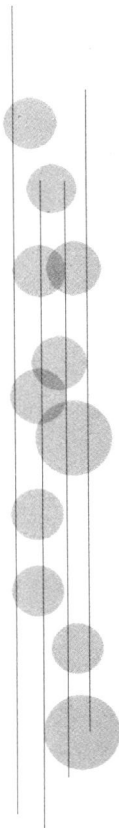

爆 龙 灯

正月初六，陈村家在按当地习俗爆龙灯。

陈村有三个儿子，到去年七月，几个儿子都大学毕业并找到了理想的工作。当新年来到时，三个儿子都回家过年。想着自己含辛茹苦一辈子，终于熬出了头，陈村就觉得异常地兴奋。

陈村家在农村，对于这样一个完全靠勤劳培养出了三个大学生的农民家庭，周围好多人都感到很羡慕。于是，陈村决定，一定要在春节期间，一家人好好地热闹一下，爆一次龙灯。

爆龙灯是当地最隆重的喜庆方式。

陈村的几个儿子都没反对父亲的意见。毕竟父亲辛苦了一辈子，现在熬出了头，也应该让他高兴高兴。更重要的是，当地还有一个风俗，就是爆龙灯是一件为家人"长脸"的事。

于是，由几个儿子出钱，买了五千块钱的烟花爆竹，再由陈村去联系了本镇最好的龙灯表演队，之后就决定在正月初六晚上在陈村家爆龙灯。

初六下午，龙灯队扛来了一个造型精美的草龙。晚饭过后，就准备开始爆龙灯。

陈村周围村庄，已经有好多年没有人爆龙灯了。所以，一听到陈村家要爆龙灯，村人们都很羡慕。于是，十里八铺，只要是听到了消息的人，都赶到了陈村家里看热闹。陈村家里里外外都挤满了人，甚至还有好多人只有站在墙头上看。

爆龙灯开始前，就有人专门把买好的烟花爆竹抬了出来。

所有的烟花爆竹，以鞭炮为主。因为鞭炮的声音响，爆起来才热闹。毕竟爆龙灯主要是"爆"。

天暗下来后，爆龙灯正式开始。陈村走在了已经舞动着的草龙前面，

开始带领三个儿子燃放鞭炮。

来看的人，都在瞬间就被鞭炮爆炸后升起的烟雾所笼罩。所有的人，都被这种烟雾呛得眼泪直流。但大家都被这种热烈的气氛渲染得不停地高声尖叫着，跳跃着，所有人的脸上，都写满了兴奋和羡慕的神情。陈村昂首挺胸地走在了队伍的最前面，不停地燃放着一串串的鞭炮，感觉自己全身都被一种扬眉吐气的氛围所包围，通身舒畅无比。

光烟花爆竹就用了五千块钱，这附近，还从来都没有过。五千块的烟花爆竹，四个人燃放，怎么都得五六个小时才能一串串地燃放完。

气氛越来越热烈。所有的人，包括陈村和自己的三个儿子，都是满面通红，激动异常。

过了三个小时，鞭炮燃放的气氛依然热烈，现场更是热闹无比。十点钟的时候，到了爆龙灯的高潮时候，就是"穿神"。穿神是爆龙灯时必须进行的一项程序，就是由主人家领着舞龙队伍，从屋外到屋内，一个个房间地舞龙和燃放鞭炮。每一个房间都不能遗漏。意思是用草龙给这家的每个角落都带来好运。当穿神开始时，全场的所有人都屏住了呼吸。陈家几父子则几乎是兴奋到了极点。

草龙由一个屋门进去。

陈家的房子很小，每一个房间更是小。为了供三个儿子读书，陈村一直都没有钱来修更大的房子。但现在的陈村觉得，虽然自己家的房子很小，不过自己却非常有面子。

草龙一个房间一个房间地表演，鞭炮也是一个房间一个房间不停地燃放。

整个房子，都被鞭炮燃放后释放出来的强烈的硫黄味道所弥漫。所有进了屋的人，都被呛得面红耳赤，眼泪鼻涕长流。烟雾中，所有人的都只能凭感觉舞动着草龙和燃放着鞭炮。因为烟雾实在是太大，根本就看不清身边的人。

当草龙把所有的房间都转完并出来时，人群爆发出了一阵热烈的掌声。

草龙又开始在庭院里舞动。所有舞草龙的人，都把草龙舞动得就像一朵绚丽绽放的花。鞭炮仍是在不断地在燃放着。

夜里十二点，所有的烟花爆竹放完，爆龙灯终于结束。

后来，龙灯队完成任务走了，围观的人们也恋恋不舍地散去了，陈

村家恢复了宁静。

当烟雾还没完全散完时，陈家人就集在了庭院里，庆祝爆龙灯圆满结束，但却没见到陈村。一家人开始都没怎么在意，后来，几乎找遍了所有房间，却都没有见到陈村的身影，一家人这才慌了。

正当大家六神无主的时候，陈家的老三在猪舍里发出了一阵撕心裂肺的惨叫声。

全家人都赶了过去。

猪舍很小，里面的烟雾依然很浓，硫磺的味道还是非常地呛人。大家一进去，就发现陈村面色苍白地倒在了猪舍的地面上。

家人连夜把陈村送到了医院。

天亮时，医生无奈地向几兄弟摊了摊手，说，没办法，因为猪舍太小，陈村在里面待的时间太长，从而导致硫黄中毒，抢救又非常不及时，所以他们也是无可奈何。

陈家几兄弟，抱着父亲刚刚变冷的身体，痛哭失声。

从此以后，这周围，再有多大的喜庆事，也没有人再爆龙灯。

银　河

　　银河未老，人已老。大宝的父亲与母亲，都年逾六十了。

　　大宝还有一个兄弟二宝。闯荡多年，两兄弟也算事业有成，都已在城里购置了房产。

　　买了房的大宝和二宝，一直都有一个心愿，就是把二老从农村接出来，安享晚年。

　　但有一个问题，当初两兄弟买房时，因为各自的原因，房子并没有买在一起。两兄弟现在的家，隔了有近一百多里。

　　大宝说，直接把二老接到我这里来。话刚说完，大宝的老婆就不干了。她说，老人是你们两兄弟的老人，凭什么让我们一家全部负担？

　　大宝听了，也就没有再吱声。他给二宝联系，商量二老的养老问题。二宝一口答应，说是把老人全接到他那里去。但过了两天，二宝就打来了电话，支支吾吾地不好开口。大宝知道，二宝一定也遇到了与自己相同的问题。

　　后来，两兄弟还是约定了一个时间，到乡下去接人。

　　一看大宝二宝回来并听了两个儿子让自己进城养老的打算，二老都非常地高兴，并马上开始收拾东西，准备进城。

　　快收拾完的时候，母亲问大宝，大宝啊，你们两兄弟准备让我们住到谁家啊？

　　大宝说，妈，两家都住。

　　母亲笑了，说，你们两兄弟隔得那么远，我们怎么能两家都住呢？

　　二宝说，妈，大哥的意思是你们一人住一家。

　　一人住一家？父母亲都愣住了。

　　大宝说，是啊，一人住一家。

　　过了一会儿，父亲跟大宝说，大宝啊，我和你妈就不跟着你们进城

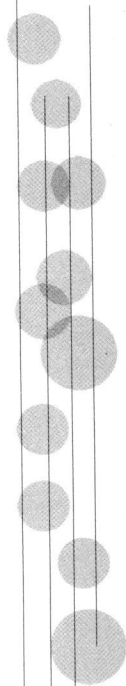

了，我们想了想，还是呆在农村算了。

大宝说，这怎么行呢？

二宝也说，是啊，都辛苦了这么多年了，也应该享享福了。

然后两兄弟就开始帮二老搬收拾好的东西。

这样，父亲和母亲，就分别住到了大宝和二宝的家里。

大宝把父亲接到家里面后，就给了父亲最好的照顾。

但大宝却发现，父亲在自己这里生活得并不开心。相反，还每天都愁眉紧缩，一副不开心的样子。

大宝想，是不是自己工作太忙，让父亲感觉不到亲人的关心？于是，他专门安排了一些时间，陪着父亲散散步，聊聊天。但他发觉，即使这样，老人仍是显得闷闷不乐。

他百思不得其解。给二宝打了一个电话，问母亲的情况。二宝也说，母亲仿佛每天都有什么心事，总是锁在屋子里不出来。

大宝和二宝就对自己的行为进行了反思。但想来想去，却还是没有任何头绪。

转眼，到了大宝四十岁的生日。那天他一到家，就发现家里一屋子的人，二宝一家人都来了，母亲也在内。母亲对他说，今年要给他过一个生日，所以，就亲自过来了。

大宝很高兴，当下就决定晚上到附近最好的饭店吃饭，还请了一些朋友。

到了晚上，大家都到了饭店。吃饭时，大家都为大宝举杯祝福。

大宝一直都沉浸在一种欢乐的气氛当中。

但突然，大宝觉得人群中仿佛少了什么人。他仔细在人群中搜寻，发现父母亲不在了。

两个老人是跟着大家一齐到的饭店。

大宝心中有些疑惑。他等了一会儿，却还是没见到父母亲的影子。

大宝坐不住了。

在吃饭的间隙，他找了一个借口出去，四处寻找。但找遍了饭店周围，都没有见到二老的身影。

在不知不觉中，大宝到了自家的楼下。他的心里很焦急，甚至想报警。他掏了掏自己身上，没带电话，夜深了，四周又没有其他人，于是，就上了楼，准备回家打电话报警。

一到家门，他发现门竟一推就开了。他的心中马上提高了警惕，想，莫不是家里进了贼？

他悄悄地进了门，并在门后拿了一根木棒在手上。

他慢慢地在房间里搜寻，没发现有什么异常。最后，他到了阳台上。

他看到阳台上有两个站在一起的人影。

他举起了手中的木棒，靠了过去。

他听到有人正在轻声地说话。

一听，他就怔怔地站在了那里。

因为他听到了这样的对话：

老伴啊，没想到我们辛苦了一辈子，到最后，却还是落得了一个牛郎织女的下场。

是啊，年轻时都没分开，老了这样，想着就难受啊。

为了大宝二宝不为难，我们又不得不接受孩子们的建议。

但老伴，我在那边，却实在是挂念你啊。你不知道，每天晚上，我都还在梦里记挂着为你揉你那条老寒腿呢。

我也是，每天早上做早饭时，我都记得专门做一碗没有辣子的鸡蛋面。因为你一直都不能吃辣子，一吃就胃疼。

是啊，所以，我就借着这个机会，专门过来看看你了。

我也是早就想看看你了啊，老伴。

说着，两个人影就依偎在了一起。

只听得"砰"的一声，阳台上就传来了一声木棒落地的声音，随后，是一声划破夜空的哭泣。

漆黑的夜里，银河里的星星，都不见了影子。

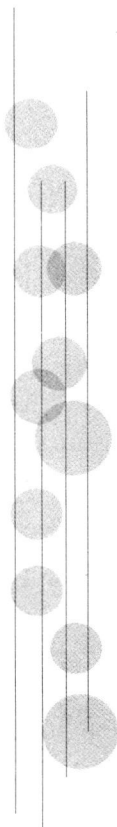

治嗝良方

秘书处这一段时间最大的事，就是王处长的打嗝问题。不知怎么回事，自从上周一开始，王处长就一直不停地在打嗝。开始大家还没怎么在意，认为这不过是正常现象。不想，一个周过去了，王处长却仍是在不停地打着嗝。据处里的小张统计，王处长打嗝的频率基本上是每分钟9次。你想想，这岂不是要折腾死王处长？

因为打嗝，王处长的情绪明显不是太好。情绪一不好，自然就影响到了王处长和全处的工作。因此，处里的人都感到这个事情非常地严重，必须尽快想办法解决。一天，趁王处长不在处里时，处里剩下的同志就临时开了一个小会，专门研究王处长的打嗝问题。终于，在副处长老麻的主持下，制定了两套治嗝方案。

第一套方案由处里最年轻最漂亮的女同志小林落实。小林分来机关不久，是大家公认的美人，高挑的身材，水汪汪的大眼睛，令很多人着迷。小林先在办公室用心打扮了一下，然后就扭着诱人的细腰去了王处长一个人的办公室。小林在大家的偷偷关注下敲开了王处长的门，然后处里的十多双眼睛就全都盯在了王处长的门上，盼望门尽早打开。十分钟过去了，门没有开，二十分钟过去了，门依然没有开。大家只听到从王处长的办公室里传来了小林充满柔情蜜意的笑声。过了半个小时，门终于打开了，大家看小林一脸沮丧地走了出来。这时，王处长也送小林出来了。大家看到他的眼睛里虽然放着奇异的光彩，但却是仍在不停地打着嗝，而且似乎还更加严重了。

美人计明显失败。大家开始实施第二套方案。这套方案由处里较年长的老陈执行。当天下班后，老陈径直到了王处长的家里。看老陈来了，王处长打着嗝问他有什么事。老陈说，王处长，我是来给你报告一个喜讯的。王处长一边打嗝，一边不经意地问，什……么……喜讯？老陈就

从兜里掏出来了一张彩票，大声地对王处长说，处长，你中奖了！王处长果然一惊，他连忙站了起来，从老陈的手里拿过了那张彩票，嗝也不打了，问，多少？老陈说，三千！王处长一听，颓然又坐了下来，说，三千啊。说完，就又开始打嗝。

两套方案都宣告失败。无奈，大家又聚在了一起，看到底该怎么办。这时，也是刚参加工作不久的小李说话了。他说他有一个办法保准管用。大家看着他，都有点不太相信，说小李这么一个毛头小伙子能有什么好的办法。小李高深莫测地说，你们就让我去试试吧。老麻看大家也无其他良策，就叹了一口气，说，反正就死马当活马医吧，试一试也无所谓。

第二天上班的时候，王处长照例到处里各个办公室检查大家的日常工作。王处长一边打着嗝一边听着各位工作人员的汇报，神情极度疲惫。大家汇报了一会，王处长却发现少了一个人。他马上问老麻，小李呢？老麻说，不知道啊，今天上午都没见到他的人影。问其他人，大家都说不知道。因为小李有个舅舅是市里纪检委的副书记，有点关系，所以王处长也就没有再问，继续听取大家的汇报。

汇报正在紧要关头，突然，办公室的门"砰"的一声被人撞开了。大家一回头，就见小李风风火火地冲了进来。大家刚想问他，王处长也正要发火，小李却已跑到了王处长的面前。人还没有站稳，他就喘着气说，王处长，不好了！王处长有点生气了，他打着嗝问，什么……不……好了？小李面红耳赤地说，王处长，你在银行私开的那个户头上的五十万来历不明的钱被纪检委查到了！

小李的话还没有说完，王处长就马上站了起来，说，你说什么？你再说一遍！语气突然之间就无比流利，嗝也不打了。老麻一看，顿时明白了过来，他马上带头鼓起了掌。一看老麻鼓掌，大家就都明白了，也跟着鼓掌。处里的人都惊叹小李竟有这么厉害的一手，竟然瞬间就把王处长的嗝给治好了！

大家都在鼓掌，小李被推到了人群的中央，所有人都为小李的聪明所折服。没想到，就只是小小地吓了一下王处长，他的嗝就不打了。真是高明啊，大家想。小李被大家推来搡去，想说什么，却没有机会，大家都在恭喜王处长的嗝终于被治好了。

正在大家都在高兴的时候，一群身着制服的人出现在了办公室的门前。在所有的人都还没有反应过来时，王处长就被带上了一副锃亮的手

铐，然后就被带出了门押上了警车。

　　大伙这才目瞪口呆，一齐问小李，原来刚才你不是在故意演戏啊？

　　小李仍然喘着气，说，什么故意演戏啊。我是刚从我舅舅那里得到了最新的内幕消息，赶回来通知王处长的！

　　大家都望着小李，再也说不出任何话来。

神 话

他是一个超级运动健将。所有的运动项目，他只要参与，就必定会有所斩获。在他的奖牌陈列室里，装满了各种项目的金牌，有篮球的，有足球的，有中长跑的，有赛马的，甚至还有水上、冰上项目的。

他被誉为了有史以来最伟大的运动员。

一次，他参加了一次自行车环湖大赛。既是"环湖"，肯定就是围着一个大大的湖骑自行车进行比赛。他们一干运动员，用了近半个月的时间，才绕着那个湖跑了一圈。当然，最后的金牌依然毫无争议地成了他的囊中之物。

在颁奖仪式上，有记者问他，今后还有什么想挑战的项目？

他顿了顿，开始时竟真想不出还有什么，但面对自己脖子上挂着的那枚金牌，他脑海中突然就想起了那个湖。

他说，我准备在今年冬天，用二十天时间围着这个湖游一圈！

他的话一出，在场的所有人都马上就张大了嘴。良久，才有人问，可是，这个湖是如此地大，就是骑自行车，也要半个月啊。

他笑笑，很自信的那种，说，那不是问题。

但你说在冬天来游，这可能吗？有人还是在表示着怀疑。

他有些不高兴了，说，这更不是什么问题！

听说，这湖里面，还有鲨鱼啊。有人表示了担扰。

他反而更加坚定地接过了记者的话，说，那才是一种最全面的考验！

于是，他要在冬天环游有鲨鱼的大湖的消息，瞬间就登上了各种媒体的头条，他再次成为了人们关注的焦点。

转眼到了冬天，那个湖因为他的到来而再次变得热闹起来。他做好了准备，在媒体的镁光灯前，他镇静地脱了衣服，穿上游泳衣，下了湖。刚一下湖，就有人问，水不冷吗？

他的嘴往上一撇，很不屑的样子。于是，马上就再也没有人问这种明显无聊甚至显得有些弱智的问题了。

他开始了自己新的征服过程。

五天过去了，他的精力依然像刚下水时那样充沛。

十天过去了，他只感到有一丝丝的疲劳。但他想，游程都过半了，一丝丝的疲劳说明不了什么问题。

到了第十五天，他开始感觉到湖水真有一点冷。

第十八天，终点已经能够一眼望见。所有的人都不得不为他的毅力而惊叹。大家都说，看，毕竟是超级运动员，毫无悬念的，这次他又将再次创造一个神话！

但在水中一直奋力游着的他，此时，却真的感受到了一种精疲力竭的疲惫和全身刺骨的寒冷！他的整个身体，几乎都要全线崩溃了！

他望了望岸上和湖中坐着小艇跟在他身后的那些人，眼中竟有了些许的模糊。在第十九天的时候，他感觉自己全身都没有了一丁点的力气，看所有的人，都只是一个影子。而自己往前游的动作，已完全变成了一种下意识的行为，毫无感觉。

他真的意识到，自己不行了！

但是，他又不能张口对大家说自己不行了。毕竟，自己已经是一个人们心目之中的超级运动员。自己辛辛苦苦挣来的荣誉，无论如何都不能毁于一旦。于是，他咬牙，继续坚持！他不得不用两只已经完全没有任何感觉而变得麻木的双手在前面划着水，用两只已变得异常僵硬如冰块一般的腿在后面蹬着水。

但是，不管他再怎么努力，他都感觉到自己真的是无能为力了。到某个时候，他竟然觉得自己再也没有了一丝丝继续游下去的精力和体力。他的眼睛几乎都快要闭上了。他努力睁了睁眼，身边的人们正兴奋地在朝他呼喊着，因为终点就在前面。但他感觉现在即使仅仅是睁眼，也很累。于是，他又闭上了眼。

他感觉湖水是那样无情地在压迫着他，全没有了刚下水时的那种亲近感。

突然，他的脚下碰着了一个东西。凭他在水中那么多年的经验，他知道，那是鲨鱼。但是，他却一点都没有惊慌，更没有闪避，甚至对鲨鱼的到来，内心之中竟还有了一点点下意识的欣慰。

　　这时，岸上的人也都看到了游弋在他身边的鲨鱼。大家都发出了一阵惊呼！所有人都知道鲨鱼嗜血的本性，所以，就有人立即赶来救援。

　　但正当人们就要靠近他时，却看到水中突然就冒起了一股异常鲜艳的血！

　　那些正在等待他即将冲过终点的人们，突然之间，就看到了水中出现的惨烈的一幕。虽然有人已经赶来援救，但面对残暴的鲨鱼，却明显无能为力。

　　于是，人们都惊呆了！所有的人都伤感地说，真是太可惜了啊，他本来可以马上就再创造一项神话的，不想，最后却出了意外！

　　而所有的人，都不知道，是他，拼力全力，用劲咬了一下自己的手指头，鲜血流出，瞬间就吸引过来了鲨鱼。

　　因为他不敢面对周围的人们，更不敢让人们看到，其实，他已经是没有任何办法能游到终点了。

　　即使终点与他遇难的地方，仅仅只有一步之遥。

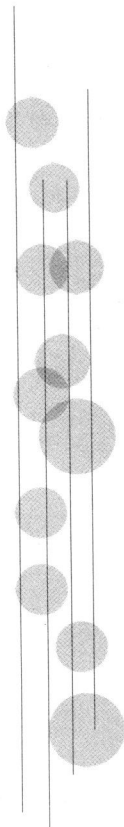

情人的眼泪

丽丝和男朋友乔已经快乐地相处了好几年了，两人非常相爱。但是，丽丝却觉得，和乔相处的这几年，乔在自己的身上并没有付出全部的感情。这让她时常觉得有点担忧，害怕哪一天乔会突然离开自己。

丽丝将自己的担心给乔说了。乔听了，开始很惊讶，后来就用指头在丽丝的额头上轻轻地戳了一下，说，小傻瓜，这怎么可能呢？你不知道我有多爱你！丽丝说，真的吗？可是我却没有见到你为我流过一次眼泪呢。乔怔了一下，然后才说，我爱你，但并不一定要我为你流眼泪才能证明啊。丽丝听了，也不说话，只是觉得内心有一点点的失落。

丽丝还是非常希望能看见乔的眼泪。一天，天使光顾了她的家。

"真的想看见他的眼泪吗？"天使问。

"是啊。"

"那你消失几天，只需变成空气中的雾气就行了。"

"雾气？"

"是啊，那样你就能得偿所愿了。"

丽丝瞬间变成了空气中的雾气，一切变得新鲜。先看看他现在在干什么。停靠在乔房前的窗户上，她看见他正忙得不亦乐乎。忽然他走到了门前，开了门，向外面望了望，然后又回来。但过了一会儿，他又开了门，望了望门外。此后他就不断地开门。她想起今天自己出门前，给乔说过自己要到一个朋友家去。乔是不是在盼自己回来？她想。果然，一会儿之后，他拿起了电话。

但一分钟都不到，她就看到他失望地放下了电话。

她看到他开始在房间里来回走动。之后，乔就开始不停地打电话。后来，焦急就写在了乔的脸上。她在窗口有些幸灾乐祸。

打完电话，已经是晚上十二点了，乔穿起外套，甩门而出。她紧随

其后。

　　乔来到了她父母的家中。终于，他们决定打电话报警。看着父母和乔眼角的焦急，丽丝有点后悔了。

　　警察很快就来了。整个晚上，为了协助警察调查，乔都没有睡觉。他还带着警察，找遍了所有他们约会过的地点。一夜的奔波让乔憔悴了一大圈，连他一向整洁引以为豪的下巴也长出了胡子。天亮时，警察走了，他也累了，瘫倒在了沙发上。她忍不住想摸摸他的胡子若，想给他盖条被子，可她只是空气中的雾气啊！她想对天使说，我不想看见他的泪了，让我变回人吧！可天使没有再来到她的身边。

　　第二天，乔请了假没有上班。他在大街上到处走，眼里已经没有了以前的光彩。他走着路会突然转过身找什么，她以为他发现了自己，可她只是透明的雾气啊！乔来到了他们约会的老地方，一个公园，那儿有棵老梧桐。他坐在梧桐树下的坐椅上，显得那么孤单。他好像在想些什么，在等些什么。她仿佛听到了他内心的话语："你会出现的，对吗？"

　　乔出了公园，又向城郊边的一条河走去。到了那里，他怔怔地看着湍急的河水。她有点担心了，不可能吧，乔莫非想……幸好，乔只是在那里呆了一会儿，就又转身走了。这天，他四处乱转。

　　傍晚，乔无精打采地到了自己家的附近，却就是不进去。天已经完全黑了，他还是在昏暗的街道上静静地站着，只是抬头看着她和他家所在楼层的窗户，痴痴的。乔看了好久，终于，又迈动了脚步。但就在这时，一辆车突然出现在了他的面前。乔躲闪不及，当即就被撞倒在了地上，发出了一声惨叫！

　　乔马上被送到了医院。经过两天两夜的抢救，乔终于苏醒了过来。在他醒来后，说的第一句话就是，丽丝呢，她回来了吗？她听了，自己的泪当即就掉了下来。看着他苍白无神的脸，她心痛得快死去，天使，你归来吧！但天使仍是不见踪影。

　　撞倒乔的那个司机来了。司机说，那么晚了，你还在那里闲逛什么啊？乔抬起头，眼神中还是痴痴的，说，那个没有她的家，我回去干什么啊？说着，乔的眼边，竟真的就流下了一滴泪，一滴晶莹的泪！

　　她看了，内心马上就感到了一阵阵的绞痛。这种绞痛无比的钻心，就是她自己流下了那么多的泪，也冲刷不掉。她心疼地看着他，几天的消失就让乔憔悴成这样，要是自己真的不在了，他该怎么办？她吻了吻

他的唇，这时，天使却来了，说，你该走了。

她大声叫唤着，不，我不要离开……

天使在用力地拉她，而她则奋力挣扎。突然，她一个激灵，睁开了眼。她看到，乔正在她的身边躺着，睡得是那么的安详。她凑了过去，轻轻地亲了一下他的脸颊。

清晨的阳光倾洒了进来，她抬头看了看，家里还是昨天晚上他们睡下时的摆设，一点都没有改变。她喃喃自语，没变，真好啊。

生活中有些东西，原来并不能一味追求所谓的新鲜啊。丽丝想。

顽　石

它所在的位置，是在高山之巅。

据说，这是一座从来就没有人能登过顶的高山。

好多年来，或许是几千年，也许是几万年，它就那么默默地躺在那高山之巅。偶尔有太阳出来，照在它的身上。

它就一直那么躺着，在高山之巅，与日月同在。

一天，有一个年轻人，发誓要把这座从来没有人征服过的高山征服。

年轻人真的是很年轻，他的唇边虽然已蓄起了一小撮胡子，但却完全不能遮盖住他脸上那种稚嫩的神情。

年轻人下了决定后，几乎所有的人，都不相信他能独自一人完成这一壮举。

但年轻人却没有理会这些。他在做好充分的准备之后，就来到了高山之下。

他抬头看了看山峰，发现这山就如一根直插入云霄的利剑，陡峭得几乎没有下脚之地。

但年轻人依然向着他心中的目标，开始了自己的征程。

年轻人一直在往上爬，哪怕一天只爬那么几米，他也凭着自己坚强的意志坚持着。他的手，完全被山石划破了，经常鲜血直流。他的眼，也经常被从山上吹来的风弄得睁不开眼。甚至有一天，突然还从山上滚下了一块很大的石头。那石头重重地砸在了他的身上，差点在瞬间就让他失脚摔下悬崖。

但年轻人却一直不停地在往上爬。

终于有一天，他成功登顶了！年轻人站在几乎只有一张圆桌那么大的高山之巅上，感觉内心真是万分的激动！

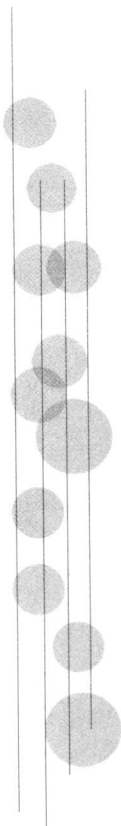

激动之后，他看了看四周，目光在一块石头身上停了下来。这是一块个头很小、外形很怪的顽石，一看就是未经任何打磨，棱角在太阳的照耀下还寒光直现，闪着锋利的光。

年轻人满意地把它拾起。毕竟，历尽千辛万苦来到这里，总得拿一点东西回去留作纪念。

年轻人下了山。

年轻人一下山，就成了名，所有的荣幸，几乎在一夜之间就扑面而来。年轻人被大家奉为了英雄。以后，年轻人的事业也因为这次壮举，而变得格外地顺利。

但年轻人的身边，却始终都保留着那块顽石。

他经常把顽石拿在手里赏玩，回忆着自己登上高山之巅时的心情。

但他却从此以后，就没有再登过任何的山。

就这样，顽石就陪着年轻人一起变老，终于，年轻人成了中年人，又由中年人变成了老年人。

一天，当初的年轻人正在家里玩着手里的顽石时，他的孙子来了。孙子说，爷爷，我要去登山。

曾经的年轻人怔怔地看着孙子，说，好好的，去冒什么险？

孙子说，我也想体验一下当年爷爷的壮举。

他默默地看着孙子，说，你知不知道，我在成为英雄后，为什么一起把这块顽石放在身边？

为什么？

因为我后怕啊！你知不知道，当我从山上下来时，再回想起自己登山的全部经过，我的心里，是多么害怕！在那个过程中，只要是稍有闪失，就会马上跌下悬崖，粉身碎骨！

孙子呆呆地看着爷爷，说，爷爷，你当年的豪情呢？

曾经的年轻人举起了手中的顽石，说，豪情？它们全在它的身上！

孙子看到，爷爷手中的那块曾经棱角处寒光四射的顽石，现在已经变成了一块异常光滑的普通的石块！

但是，令爷爷没有想到的是，孙子却急速地从他的手中拿过了那块顽石，然后说，爷爷，其实不是这块顽石变了，而是你自己变了！

爷爷不解地望着他。

　　孙子就忽然举起了顽石，然后猛然往地下一摔，只听得"咔嚓"一声，顽石摔在了地面，瞬间就摔成了几块！

　　曾经的年轻人看到，在顽石的断裂处，又呈现出了许多的棱角，而棱角的四周，依然是寒光四射！

王一毛的怀疑

　　王一毛这两天怎么看妻子小云，都觉得她有问题。比如刚才，明明是对门的人家有人敲门，小云却如风一般的跑到自家门前，通过门上的"猫眼"往外看。直到对门的门都开了，她才又回到客厅里坐下，一脸如释重负的样子。

　　王一毛的心底就不免产生了怀疑。他坐在客厅里，不动声色地看着小云。突然，家里的电话响了，电话就在王一毛的身边，他反手想把电话拿在手中，没想到他的手还没有摸到电话，隔了好几米的小云却一个箭步跑了上来，急速抓过电话将听筒放在了耳边。王一毛怔怔地看着小云，发觉这个问题越来越严重了。

　　王一毛想，小云是不是有外遇了？通常有外遇的女人，如果心理素质不是特别的好，难免会在平时的行为中表现出一些异常的举动来。这是王一毛的哥们，专门在大学研究心理学的小学同学陈风告诉他的。陈风在某一天听了王一毛的倾诉后，说，你的确得仔细注意一下嫂子了。王一毛听了他的话，就只要有时间，都尽量待在家里，观察着小云的动静。

　　这天，王一毛已经在家里待了一个上午了。据他的统计，在这一上午里，小云一共通过"猫眼"看门外有七次，抢接电话十次。更奇怪的是，她还有事没事地到阳台上，看着没事，实际上王一毛却发觉她一到阳台上就在悄悄地抬头往上看，而且还好像很心虚的样子。王一毛统计，小云今天到阳台上的次数已经超过了二十次。

　　一定有问题！王一毛想。他憋了好久，当小云又一次从阳台上走回客厅时，王一毛准备向她摊牌，问她到底是不是有其他的人了？如果有，王一毛想和她好好谈谈。这时，小云刚好坐在王一毛的旁边，王一毛就问她，小云，你是不是有什么事瞒着我？小云却好像没有听到他说话一

样，嘴里只是"嗯"了一声，完全一副心猿意马的神情。王一毛有点挫败感，他又把刚才的话重复了一遍。正当他刚把那句话又说完时，外面又响起了敲门声。

几乎在敲门声响起的同时，小云已经到了门边。王一毛叹了一口气，说，急什么急啊，又是对门。他的话刚说完，却听到小云俯在门上，声音颤抖地说，来了，终于来了！来了？王一毛想，莫不是她的奸夫来了？但他看到小云却一直不敢开门，想，是不是因为我在家里，害怕不敢开门？外面的敲门声越来越大，王一毛站了起来，直接走到门后，把小云推到一边，径直打开了门。

门外果然站着一个身高近一米八，相貌堂堂的汉子。那汉子一见有人开门，就问，陈小云在家吗？王一毛一听，心中火气就上来了，想，你不是没看到我这么一个大男人在你的面前吧？这也太没把人放在眼里了！所以，他马上生气地问，有什么事？那汉子却说，有急事！然后就往里面推。

王一毛扭头看小云，却见小云正抖抖擞擞地往里面退。王一毛想，现在还有什么怕的啊，你的奸夫都打上门来了。真是欺人太甚！一想到这里，王小毛就用力撑住了门，不让汉子进来。

汉子推了几下，满面涨红，终于，他也没有耐心了，说，你这个人，我就是来给陈小云还钱包的，你怎么老是不让我进门？还钱包？王一毛意外地看着那汉子。汉子说，是啊，我就住在楼上的，刚才我下楼时在外面捡到了一个钱包，一翻里面有身份证，上面写着陈小云，我就按照身份证上的地址找来了。王一毛停了下来，说，这样啊。汉子愤愤地说，还能怎样？你如果不想要，我就走了！说完就准备转身。王一毛连忙拉住了他，说，大哥，别走，别走。这时，小云也走了过来，说，大哥，你是来还身份证的啊。谢谢你了，今天早上我去买菜时的确是把身份证给弄丢了。汉子说，不是还身份证那你认为我是来干啥的啊？小云说，我想到其他地方去了，对不起啊。

汉子进来后，就把钱包给了小云。王一毛叫小云倒水，请汉子坐一会儿。小云在拿到钱包后却还是有点心不在焉，老是往楼上看。王一毛想，看来没有等到想来的人，还有点不甘心啊。汉子在客厅里坐了一会儿，就要走。王一毛留他多坐一会儿，呆一会在这里吃饭，两人整一瓶好酒，他要感谢感谢他。汉子说，兄弟，我现在可没心情喝酒了。王一毛说，怎么回事？汉子说，你说巧不巧，兄弟？前几天我和媳妇在自家

的阳台上吵架，当时两人也就是为了出气，我媳妇把我们放在家里装在一个信封的钱举在了我的面前，说如果我再和她闹，她就把信封扔下去。当时我没有在意，想再怎么吵架，那也毕竟是自己的钱啊，她怎么可能真扔下去呢？于是我就没理会。没想到，我媳妇也是情绪激动，一不小心，就还真是把信封掉下去了。我们马上到楼下去找，却怎么也找不到。媳妇说，肯定被路人拾去了。那信封里面可是装了整整两万元啊。王一毛听了，忙说，兄弟，这可真是意外啊。他又问，你没有报警？汉子说，这种事报警有什么用啊。

说了这些，汉子准备起身走了。这时，小云却走了过来，她说，大哥，你说说，你那个信封是什么样子的？汉子说，就是一个普通的信封，表皮是白色的。小云说，那你等一下。说完她就进了卧室。不久，小云就拿了一个白色的信封出来。她把信封直接放在了汉子的手里，说，大哥，你看看，那天你媳妇掉的是不是它？汉子忙把信封打开，一看，说，就是它啊！谢谢你了，兄弟媳妇，你是在哪里找到它的？小云笑了笑，说，那天我正在阳台上晾衣服，先是听到上面有人吵，后来就有一个信封掉在了我家的阳台上，我一看，里面还有这么多的钱，当时就把它藏起来了。不想，得了这些钱后，这几天我却一直都心绪不宁，老是害怕有人来找我还钱。现在看是你掉的，就给你了。现在，我的心病也没有了！说完，小云长长地出了一口气。

原来是这样啊。王一毛看着妻子，怪不得她这几天老往阳台上看，还时不时注意一下门外，自己竟怀疑她是不是有人了，原来是怕有人来找她要钱啊。

这天，王一毛还是和那汉子喝了整整一瓶酒，不过是汉子请客的。后来，他们两家还成了好朋友。王一毛在某一个晚上对小云说，你知不知道，我还曾经怀疑过你有外遇呢？小云说，我会有外遇？倒是你，老是疑神疑鬼的，让我不得安宁！王一毛就搂着小云开心地笑了。

爱的第一百种语言

我侧身、低头，默默地静坐在一个角落里，视角所及，全是乳白色的墙。我将眼睛略略地抬了抬，看到了门后面的一个人影。

这个人影高高的，留着过时的齐耳短发。我的口很渴。我用力扭了一下身子，直了一下腰，喉咙里就发出了一阵阵的"咕噜"声。她回过头，看着我，没有说话，径直走过来，端起我面前的杯子。我将头稍微偏了偏，她把杯子放在了我的嘴边，然后倾斜，水就流进了我的嘴里。

我和她无需用其他的方式交流，我们之间没有语言，但哪怕是我的一个小小的动作或是一个不经意的举动，她也能很准确地理解我的意思。我们这样生活已经好多年了，这个狭小的空间里就只有我们两个人。

她在房间里来回走动，手里收拾的全是刚才被我弄得满地都是的东西。过了一会儿，她抬手看了看表。看完表，她又走近我，将我的身体在轮椅上摆好，拍了拍我的衣服，然后从椅子的边上拿出几根链子，轻轻地套在了我的两只手上。这样，我的整个身体就只能老老实实地待在椅子里。因为我的脚从来就没有过知觉，用链子套住我的手，这也是好多年前就形成的习惯了。从我对这个房间有丁点儿的记忆开始，我就经常受到如此的待遇。

她把我的身体固定好了之后，照例又呆呆地站在我的身边，痴痴地看着我。每次她这样的时候，眼角都会流出一滴滴的泪。这次也不例外。我静静地坐着，还是一言不发，因为我不能说话。

良久，她用手擦了擦眼角，低下头，在我的额头上亲了亲。我感觉一股暖流就如一丝细细的天鹅绒，直飘进了我的身体。之后，她开门走了出去。

这样的情景，每天至少要发生两次。一次是早上，一次是中午。

我看着她走出去了，先是安静了一会儿，然后我觉得手上的链子是

那么的不舒服。我讨厌这玩意。像以往一样，她一关上门，我就用力挥动着自己的手。

我不停地用着力。椅子在我身体的作用下不断地转换着方向，后来还向前滑动。我感觉自己的手隐隐作疼，但我顾不上这么多了。

椅子依然在滑动着。突然，我感觉自己的手得到了解放，一只手上的链子断了！我有了一种被释放的感觉。我一阵兴奋，继续挥动着另一只手。这时，椅子越滑越快，但我已经顾不上那么多了。

就在我感觉自己的另一只手也要摆脱束缚的时候，我突然感到自己的头重重地撞在了一个硬硬的东西上，然后我的耳边就传来了一阵轰隆巨响，我瞬间失去了知觉。

醒来后，一大群人围在我的身边。他们用毫不避讳的神情在说着什么事。他们说，就是这个傻子，他母亲出去工作了，他却在家里把煤汽罐弄翻，还引起了煤气泄漏。幸好隔壁邻居听到了"砰"的一声巨响之后及时叫警察开了门，才没有酿成大祸。我不知道他们说的"傻子"是谁，但我却看到他们都在望着我。我发现自己正躺在一张床上，浑身无力，周围好多来来去去的人，都穿着白色的衣服。

一会儿，每天都用链子把我绑起来的那个人赶来了。她满脸灰尘，神情倦怠，眼神却很是焦急。她坐在我的旁边，一下子抱着我的头，泣不成声。周围的人都在摇着头，好像很无奈。我听到一个人说，不容易啊，十五年，十五年如一日地独自照顾着自己的这个弱智儿子，还没有正式工作，全靠打点零工，捡点破烂维持生计，难啊。其他的人都表情夸张地摇着头出了这间房子，甚至有的人走时脸上还满是泪痕。

我发觉她搂着我的时候，我的鼻孔出不了气，窒息得有点难受，好像那链子绑着我时的感觉。于是我便用力动了动，想挣脱那个怀抱。她却更用力地将我揽在了怀里。我感觉到她脸上流出的那一行一行液体流到了我的脸颊上，暖暖的，涩涩的。

我很生气。每次出现这种情况的时候，我都怕她那含着苦味的泪水流到我的嘴里。我害怕苦味。我用尽了全力想挣脱。

这时，我听到她说话了，语气似乎很悲伤，她说，小辉，我也实在是不想把你绑起来啊，但妈要挣钱，又雇不起人照顾你，不这样，妈也没有办法啊！妈怕你一个人在家乱动会出事，才用链子把你绑起来的呀！

说完，她又用力抱了抱我，嘴里还在喃喃自语。我却从她的自语中

又一次听到了一个熟悉的名词，这个名词每天都要从她的嘴边说出来好多好多次。我有点困惑，张了张嘴，却突然听到了自己的声音。我吃了一惊，我可是从来都没有听到过自己的声音啊。莫非这声音就是所谓的语言？我有点疑惑，我曾经想过语言的好多种形式，如果我会数数，我相信至少会有九十九种。但今天，我却明显感到，从我嘴里发出来的这种声音，给我曾经想过的那九十九种都不同！我听到了那声音，那声音是我说的一句话，也是我记忆中自己说的第一句话，这句话是："什么是妈啊？"

那个正流着泪紧紧抱着我的人一听，猛然一怔，之后她就露出了极度惊喜的神情，然后将自己的脸紧紧地贴在了我的脸上，无一丝丝的空隙。

我感觉我的整个脸都被泪水浸透了。一股暖流如一丝细细的天鹅绒，直飘进了我的身体。

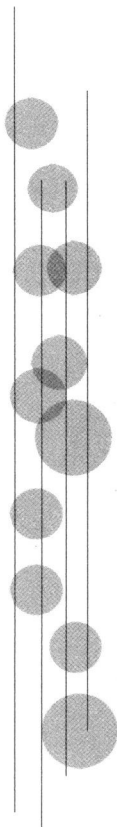

被 子

我每年都会定期到某个城市去出一趟差。在每年的那个时候，我就感觉自己有点害怕，甚至对在另一个城市的生活有点恐惧。之所以这样，完全是因为我是一个守旧的人。我从来不习惯离家，更不习惯离开我那床自己已经盖了十几年的被子。

但现实却逼着我每年都不得不离开我那被子一段时间。因为我要生活，就必须要工作。而出差，也是我工作的一部分内容。

那年，我又到了必须出差的时候。早上出发时，我很留恋地摸了摸自己的那床被子。它暖暖的，柔柔的，透着一股我所熟悉的味道。

一天之后，我就到了应该到的那个城市。虽然我已经来过这个城市好多次，但我仍是觉得它陌生，非常的陌生。

休息了一天，第二天就开始了持续的工作。但我却觉得自己越来越累。因为我晚上休息不好。休息不好的原因，自然是因为宾馆里的那些被子。每天晚上，我一躺上床，就感觉身上的被子仿佛一个陌生人一般，正冷冷地盯着我，看着我赤裸的身体。这让我全身都感到极不自在。我一次次地叫着服务员，让他们给我换着一床床崭新的被子。但怎么换，自己都还是无法入睡。

我就这样一天天地折磨着自己。一天晚上，我又睡不着。我喊来了一个正在楼道上拖地的服务员。我说了我的情况。这个服务员四十多岁，显得很沧桑。她看了看我，说，我听说宾馆里面有个人每天晚上都因为被子而睡不着，就是你啊。我无力地点了点头，说你有什么办法啊。她说，我家里有一床老被子，都二十多年了，是我妈留给我的，不知道适不适合你。我说，二十多年了？她回答，是啊。我想起了自己家里的那床被子，它也是陪了我十好几年。我想，是不是换一床和它年纪差不多的，会好一点？

我当即说，你家在哪里？我马上去拿！

她笑了笑，说，先生，现在都半夜了啊。

我说，没关系，我和你一齐去！

这样，我和她马上打出租到了她家。她家位于城乡结合部，很偏僻。到了之后，她打开了自己的家门。我跟着她走了进去。一进门，我就看到在轮椅上坐着一个人，双手套着链子，已经歪着头睡着了。我有点不知所措地站在门口，她却马上过去，把轮椅上睡着的那人推到了床前，然后轻轻地解开他手上的链子，把他放在了床上。我很惊讶。她却回过头，向我笑了笑，说，我儿子，然后她就翻出了她刚才所说的那床被子。

我用手一摸，果然找到了点家里那床被子的感觉。我高兴地说，对了，就是它了！

到了宾馆房间，她给我把被子铺上，我躺下，睡意果然马上袭来。就这样，我一觉睡到了天明。

第二天，我找到了昨天的那个服务员，向她表示感谢。她却说不必了。我握着她的手，说一定要感谢她。她浅浅地笑了笑，说随便你吧，然后就从我的手中抽出了她的手。我将自己的手往鼻子边嗅了嗅，却闻到了一股似曾相识的味道。我努力地想那是什么味道，却怎么也想不起。

这股味道在我的鼻孔里残留了一天。

晚上，我上床揭开被子时，我突然又闻到了那股味道。原来，她手上的味道和被子里发出来的一模一样！而这床被子发出的味道，又和我家里的那床发出来的，基本一个味道。难怪我能入眠！

天亮后，我发现她又在楼道上拖地，就呆呆地站在她的身后，想再闻闻她手上的那种味道。

接下来的几天，我问清楚了她家里的情况。她家里除了她自己，就只有一个随时有可能出现意外，在她外出后甚至只能用链子拴着的弱智儿子。这么多年来，她就一个人带着儿子这样生活着。我很同情她，也为她的生活经历所折服。奇怪的是，越有这种想法，每次遇到她时，就越觉得她身上的那股味道越来越是自己家里那床被子的味道。

一天晚上，她来到我的卧室，问倒不倒垃圾。我看着她，有点痴迷，然后就一把拉住了她。她先是挣扎了一会，待我将被子拉过来盖在我们的身上后，她就完全一动不动了，后来甚至还相当主动，热烈得令我吃惊。

之后，每天晚上，她就要到我的房间里来一会。但我却觉得，越到后面，那股似曾相识的味道就越来越淡。到我工作完成即将返回家所在的那个城市时，那股味道已基本上完全没有了。

但奇怪的是，第二年我又来时，那种味道却又会像头一年一样强烈。这样，我就在两个城市里，都盖着一床味道完全相同的被子。

但她却拒绝和我在一起。她说，只要和我一起享受那种味道，就行了。

这样，我就只有在每年定期出差的时候，到另一个城市去盖另一床被子，去体验另一床被子的味道由浓到淡，再由淡到浓的过程。

假　钞

　　我一边叫卖，一边用眼角的余光打量着他们。那明显是一对母子。母亲四十岁上下，穿着很破旧，儿子也就十五六岁，却是坐在轮椅里，神情有点痴呆。两母子一直在我面前慢慢地转着，母亲推着儿子的轮椅。老实说，我已经看了他们好久了。我发现，只要一到周末这个时候，他们就会准时来公园。而这时，我十有八九都会在这里卖水果。

　　我是一个水果摊贩。但更多的时候，我其实是一个专门兑换假钞的人。我以卖水果为掩护，在给顾客找钱的时候，故意拿他们的真钞换我的假钞。这个生意风险大，可比单纯的卖水果强多了。我基本上都是打一枪换一个地方，以防被警察抓到。

　　我这一段时间的工作地点，就是这个公园。像今天我就又来到了这里。

　　我一边卖着水果，一边极度小心地干着以假换真的勾当，眼睛却一直盯着那对母子。这两母子老是让我觉得奇怪。他们每个周末都来这里。每次一来，他们就不停地在公园里面转啊转，一转就是一下午。那母亲不仅不觉得累，反而很开心，很满足的样子。

　　很多次他们的轮椅转到我的摊子前的时候，我都发现轮椅上的那个少年会用直勾勾的眼神看着我面前的水果，有时嘴角还流出涎水。每当这个时候，母亲就会停下来，掏出一块两块钱，买一两个苹果或是香蕉。少年便一个下午都拿着那苹果或香蕉，一点一点地咬。

　　今天，他们又在公园里转了好多圈了。每次到我的摊前，少年的脸上就又出现了以往的那种表情。终于，母亲把轮椅在我的面前停下了，然后看着一大堆苹果。我发现她的目光在一个个苹果的身上游走着，就说，大姐，你放心，每个苹果都是最好的。她却不说话，先拿起一个，可能觉得质量不太好，就放下，又拿起了一个。看了看，又放下，拿了另一个。我发现她拿了一个比刚才那个小的，然后就放在了我的秤里。

我称了称，说，9 毛。她听了，就在兜里掏钱。我看到她掏了好久，掏出来的都是一毛两毛的角币。她数了数，总共却只有 7 毛。我说，算了吧，大姐，就这么多吧。她看了看我，却解开了自己的衣襟，然后就哆哆嗦嗦地从最里层的衣服里面拿出了一张百元大钞。我说，算了，大姐。她却仍是不说话，只是把钞票放在了我的面前。看着她坚定的神情，我明白，我一定得如数收下她的 9 毛钱。

于是，我找了 99 块 1 毛钱给她。其中包括一张 50 元面额的。

然后，她就把那个苹果放在了那少年的手上。少年明显很开心，他一边咬着，一边从嘴里发出了"呵呵"的笑声。没多久，我就发现他们推着轮椅离开了公园。

他们离开了一会儿，我也就走了。回家后，我数了数，这天收获不错，光以假换真就赚了两百多，比平时多了近三成。

晚上看新闻，市台的一则报道吸引了我，说是今天有一对母子在街上遭遇了车祸。车祸中母亲被撞伤了一只手，而儿子则送到了医院急救室。警察调查原因时，却发现是因为今天下午那母亲在公园买水果，结果被人骗了，收到一张假钞。看到这里，我的心里"咯噔"了一下。继续看下去，报道说因为那假钞，母亲在推着儿子的轮椅在街上走的时候就有点心不在焉，从而酿成了交通事故。看着看着，我的心里越来越沉重，我觉得这个事可能与我有关。果然，电视屏幕上出现了那母亲的画面。画面上，那个熟悉的身影一边流泪，一边晃动着手里一张 50 元面额的钞票。电视画外音说，那母子平时生活就很拮据，日子过得很不好，母亲没正式工作，儿子又是痴呆，因此 50 元对他们来说真是一笔数目不小的钱。但当母亲发现假钞又返回公园时，却没找到那卖水果的人，因此她的心情就极度恶劣，并引发了后面的交通意外。看到这里，我颓然低下了头。我已经确定，这事与自己有关。

但我可以肯定，下午找那母亲的钱时，我绝对没存心要给她假钞的想法。现在事情发生了，只有一个理由，那就是我的"职业习惯"。

几天后，我到医院，悄悄找到医生了解那对母子的情况。医生说母亲基本上没什么事情，只是儿子伤得比较严重。但经过这几天在医院的治疗，也好得差不多了。我问医生，他们可以出院了吗？医生叹了一口气，说，出什么院，人倒是好了，交警队却说这次事故的主要原因在这

母子俩，但他们却没有钱付医疗费，医院又不可能做亏本生意，所以他们想出院也出不了。我听了，说，需要多少？

回到家，我又清理了一下，发现这一段时间以来以假换真所赚的，扣除今天的支出，基本上和我以前卖水果的收入持平。我想了想，以后还不如就只卖水果算了，免得担那么多的风险和良心上的不安。

从此，我就收了手，只卖水果。

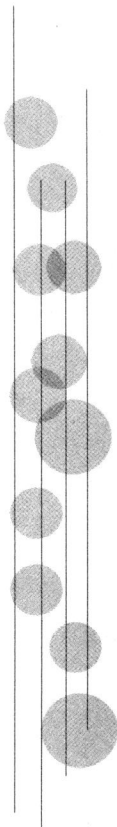

赤 子

　　我呆呆地站在窗前，感觉心好疼。我一直在谴责着我自己。虽然周围的人都说不是我的责任，但我的心里仍是一阵阵的抽搐。我原谅不了我自己。怎么可能出这种事呢？他可是我的亲生儿子啊。

　　他满脸是血地躺在床上，整个面部都是血肉模糊。我的心疼更加剧烈。警察问我，有时间做笔录没有？我摇了摇头。我实在不想再回想起刚才的那一幕。

　　刚才，我刚从一个垃圾回收站卖了自己今天在街上拾到的一些废品，然后就回家了。一回家，我就听到房间里发出"砰砰"的声响。我连忙打开了门，却发现儿子小辉竟然正在往打开了窗台上爬。我急步上前，可是没用，当我的手刚要触及到他的衣角的时候，他的整个身体就已经从窗台上翻了出去！当时，我清晰地听到了一声身体落地时的巨大的撞击声。

　　我看着小辉的面孔，责备自己怎么可以在出去之时忘了关窗户啊。平时，我都是关好了所有的窗户才出门的。但今天不知怎的，竟完全没想到这一点。而且，我在给小辉的手上套链子时，也只是随便地套了一下，更没有检查套没套紧。望着小辉现在的面孔，我的眼泪就一阵阵地流了下来，像一条汹涌的河，怎么也冲刷不掉我心中的那份深深的自责。

　　这时，一个医生走了过来。他说，你是死者的亲属吧？我点了点头，哽咽着说，是，我是他妈。他看了看我，说，你能不能到我的办公室来一下，我们有点事情想和你商量？我想小辉都离去了，还商量什么。但看医生期待的神情，我还是去了。

　　进了医生的办公室不久，我就猛然地用手拍着他们的桌子。我对房间里的所有医生咆哮着说，不行！你们所说的坚决不行！所有的医生都望着我。其中的一个老医生说，我们还是希望你能考虑一下。毕竟，你的儿子已经去了，这是事实。但如果你能以一个死去的人换一个还有希望的生命，让他更好地活下去，我想，这应该是值得的。我转过身，径直面对着那老医生，说，你说什么？我儿子都这样了，你们还要把他肢解，把他的身体分开？你们就不想想一个母亲的心啊！

我愤然地打开了房间的门，跑了出去。

到了走廊的尽头，我放声地痛哭了起来。

良久，我才回到停放儿子尸体的地方。我看到，已经有一个中年妇女在那里等我。她一看到我，就马上上前，语气急切地问，你就是小辉的妈妈吧？我无力地点了点头。她却"砰"的一声就给我跪下了。她声泪俱下地说，妹子，就求你救救我家萍萍吧！我吃了一惊，说，救你家萍萍？什么意思？那中年妇女跪在地上，说，我家小萍的眼睛要瞎了，医生说必须马上找到新鲜的眼角膜，才会有复明的希望。我听说，你的儿子小辉刚刚因为意外而去世，医生说如果你能捐献出他的眼角膜给我家萍萍，那萍萍的眼睛就有救了！我望着她，心中的愤怒无以言表，我说，原来你是和医生串通一气的啊！我用力想摔开她紧抓住我裤腿的手。她却死死不放，一直在哀求着我。我不胜其烦，一脚把她踢开，然后就冲了出去。

我在大街上转了一整天。这一天，我都六神无主，心神不安，眼前老是出现小辉掉下窗台的那一幕情景。我的心如刀割。

晚上，我又回到了医院，想再看一看小辉。走到停尸间，我却不敢进去，害怕见到小辉那血肉模糊的面孔。我先到洗手间，想洗一把脸。突然，我听到里面有人说话，一个中年妇女说，萍萍，妈妈对不起你，妈妈没有本事，不能求小辉的妈妈把小辉的眼角膜捐献给你，妈妈害得你要失明了，妈妈真没用啊！说着，那中年妇女就"呜呜"地哭了起来。这时，我又听到了一个稚嫩的童声说话了，她说，妈妈，你别难过。我的眼睛虽然以后有可能看不到了，但只要有你在萍萍的身边，萍萍就什么都不怕！可是孩子，那中年妇女哽咽着说，你今年才十岁啊！如果你以后的日子就都这样，那妈妈怎么对得起你啊！

我听了，静静的，没发一言。我的眼角又已经泪如雨下。我仿佛看到了小辉十五年来，一直在那个黑黑的小房间里被我用链子紧紧锁住，只能呆呆地坐在那里的情景。我擦了擦眼角，转身走出了洗手间，径直

到了医生的办公室。

第二天，我离开了医院，带着小辉的遗体去了殡仪馆。在我抱着小辉的身体上殡仪馆的车子时，一个医生走了过来，他紧紧地握住了我的手，感激地说，谢谢你了，幸好你昨天晚上及时来给我们说了，否则，再过一个小时，小辉的眼角膜就不能移植了。我听了，看着小辉的身体，抹了一把泪，说，要谢就谢小辉吧。

之后的某一天，我突然听到了有人在敲我的门。我打开门，看到一个中年妇女和一个小女孩正站在我的面前。小女孩睁着明亮的大眼睛，一看到我，就问，你是小辉的妈妈吧，阿姨？

我点了点头。小女孩一下扑在了我的怀里，说，阿姨，你是小辉的妈妈，就也是我的妈妈！

我一把抱住了她，将她的小脸转向了我。我看到，在她那泪汪汪的大眼睛里，闪着好亮好亮的光芒。

花开的味道

　　他住在十八楼。十八楼是这栋房子最上面的一楼。

　　他在这栋楼里已经住了十年。但对大楼里的人，除了自己的家人，却一个都不认识。他觉得很无奈，想改变这种状况。毕竟，住在一个由钢筋水泥构筑成的人情沙漠里，还是会感到孤独的。他向老婆说了，老婆也深有同感。

　　于是，他们坐下来制定了一个怎样与这栋房子住户来往的计划。经过一番深思熟虑，他们认为，这栋房子住户太多，要与周围的人熟悉，必须要有侧重点，既从邻居着手最为恰当，然后再从邻居扩展到其他的住户。

　　从邻居着手，最方便的当然是门对门的那一家。

　　就像特务在进行秘密活动一样，经过明里暗里的实地勘查，他们终于弄清楚了对门那家人的人员组成情况和出行规律。那也是一个三口之家，两个三十来岁的大人和一个十年左右的小女孩。两个大人在公司上班，女孩在一个全日制寄宿学校上学，除了周末，很少回来。这户人家与他们一家平时在楼梯口上见到时，都还能点一下头，互相向对方作一个微笑，算起来也算比较熟的了。

　　基本情况摸清了，下一步就是接触。老婆说，要想出一个很自然的、完全引不起别人怀疑的接触行动。怎么办呢？两人想了一天，觉得还是借东西比较好。借什么呢？锅碗瓢盆、油盐酱醋这些小东西在楼里就可买到。最后，还是儿子想得比较周到，他说，干脆就借学习用品吧。两人觉得不错，就决定去借学习用品。

　　派谁去呢？这又是一个问题。大人去似乎有点唐突，叫儿子去，他却不太好意思。经过一番动员，最后还是决定儿子去。儿子才8岁，开始死活不愿去，后来工作做通了，倒也是"初生牛犊不怕虎"，径直就开

了家门，走到了对面那家人的门前。

门是关着的，防盗门厚重得就像一扇记忆中永远没有开启过的墙。两夫妻偷偷地躲在自家门缝里看着儿子敲响了那户人家的门。

他们想，只要儿子一敲开了门，儿子就可以向那家人借一点学习用品回来。等过了两天，儿子去还东西的时候，他们两个大人就可跟着过去，向人家表示感谢。在表示感谢的同时，因为是第一次上门，他们就可以为别人的女儿买点小礼品过去，作为见面礼。礼品一收下，大家就会熟悉了，以后的来往肯定就是顺理成章的了。

果然，门一开，对门男主人探出了头。见了他们的儿子，也是先问了来意。听明白后，那男主人果然就转身从里屋拿出了儿子所要借的东西。

一会儿，他、老婆、儿子就在家里庆祝第一步行动的成功。明天是周末，他们决定，第二天就去买点东西，去答谢人家。

但第二天，他公司里有事加班，没办法，就只好拖了一天。第三天上午，他和老婆专门上街精心买了一点小礼品。下午，觉得时候差不多了，他、老婆、儿子，三人就站在了对门人家的防盗门前。

他亲自按响了门铃。

他们都有一点激动，心里都想，他们在这栋楼里的第一户今后会比较熟悉的邻居不久后就要诞生了！

随着门铃的响声，门开了，一个人探出了头来。

找谁？他问。

他顿时傻了眼。这个人五十多岁了，他以前并没有见过。

这户人家的主人呢？他问。

我就是呀。那人回答。

你？主人不是很年轻吗？他说。

噢，你说的是以前那家哟。他们昨天就搬走了。门里面的人回答。

搬走了？他和老婆面面相觑。

是呀，我是今天上午才搬到这里来的。那人有点不耐烦了。

他失望地与老婆、孩子回到了自己的家。

一会儿，他们的家门被人敲响了。他们开了门，是对门刚搬来的那人。

那人走了进来，说，那户人家移民到国外去了，他以前种了好多花

放在阳台上，没办法带走，我来时，他叫我问一下你们要不要，如果要，就送给你们了。

阳台上有花？他和妻子对望了一眼，两人马上去了对门阳台，一看，果然有几十盆花正在夕阳的照射下开着各式各样美丽的花朵。这些花散发着强烈的香味，几乎把整栋楼都笼罩了。

那人说，走的那户人家说其实他知道前几天你们的儿子来跟他借东西是为了什么，他也早就有了那种想法，只是一直因为习惯和防备心理，没有采取行动而已。没想到等你们主动了，他却走了。所以就只有送上这些花来表示他的心意。

那人说完，却问我们，走的那人想对你们采取什么行动呀？

我和妻子对视了一眼，笑着说，没什么，他就是叫我们把这些花分一半给你而已。

那人听了，一脸迷惘，说，分一半给我？他走时为什么不亲自对我说呢？

这我也不知道，他一边闻着阳台上花开的味道，一边和妻子看着那人微笑。

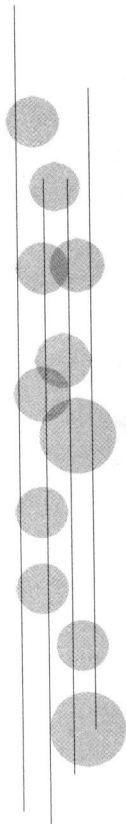

关于非洲鸡的肤色考证

那天，李处长突然叫住了我。那时我正在办公室里写材料。

李处长说，小张，有一个问题想请教你。

请教我？我手中的笔猛然一抖，心房兀自收紧。

你说，这非洲人是黑的，那非洲鸡呢？

非洲鸡？我懵然不知所措，怔怔地望着处长。

是呀，前几天看一个有关非洲的专题片，看到所有的非洲人的肤色都是油黑得发亮，这时，非洲人旁边突然出现了一群披着五颜六色羽毛的鸡，我就想，这非洲人的肤色是黑的，那非洲鸡呢？李处长娓娓而谈。

我的大脑坠入了云里雾里，嘴里只是讷讷地回应，这非洲鸡，应该……应该……也是黑色的吧？

黑色？李处长微微一笑，说，小张，这没有调查，可就没有发言权哟！

以后的几天，我都在为非洲鸡的肤色问题而伤神。虽然翻阅了大量的资料，但有关非洲鸡的具体肤色，却仍是查无实据。我有些气馁，但又不想放弃。李处长说的是，什么事情没有调查就没有发言权。看来要想单凭着手中的资料，这个问题是没有办法查证了。因此，要将问题弄个水落石出，就必须得亲自到非洲去考察一下才行。但对于我这样一个在办公室都只能算是小角色的小人物而言，出国考察无疑只能是一种奢望。所以，我决定放弃。

突然有一天，李处长又叫住了我。他说，小张，你马上重新打一个有关我要到欧洲的 A 国考察的报告。

到 A 国？我有些疑惑，前段时间不是就打了报告了吗？

现在路线变了，要重新打。李处长吩咐。

好的，我拿过了纸和笔。

这次到 A 国考察，因特殊原因，李处长顿了顿，吞了吞口水，又说，行程必须改为从广州白云机场转 B 国首都再到 A 国，考察日期也改为从本月的 20 日到下月的 20 日，延长 10 天。

转 B 国首都？我惊讶地停下了笔，说，从广州不是有直达 A 国的航班吗？

这你就不懂了，李处长用一种恨铁不成钢的语气对我说，你去查查 B 国在地图上的位置吧！

我恍然大悟。我清楚地记得，B 国是位于非洲南部的一个小国。原来如此！

我快速地记着，说，处长，那行程变了，经费肯定就要增加了？

当然了。李处长终于用一种欣赏的眼神看了看我。

一会儿，我整理好了重新写的报告。

经过我两天的传阅，报告批下来了。15 日，李处长就动身到了广州。数日后，我接到了一个国际长途。

电话是李处长打来的。他的语调很是兴奋，说，小张，我现在正在 B 国首都的一个养鸡场，我真真切切地看到了非洲的鸡了！

是吗?! 我也很兴奋，立即问，李处长，那你看到非洲鸡的肤色了吗？

当然看到了！李处长说，但他的语气马上又降了下来，似乎有些沮丧，我他妈开始还以为这非洲鸡有什么不同呢！不想亲眼看到了，原来跟咱中国鸡的肤色还是一样的！

一样的？我也有点失望。

是呀，不过这却了却了我的一个心愿。李处长的语调又升了上来，的确，没有这次实地调查，我还真的不敢确定这事实的真相呢！

一个月后，李处长从 A 国回来，给我带了一大把五颜六色的据说是非洲鸡的鸡毛。我口袋里揣着这些轻得几乎揣不住的东西，急急地拿了厚厚一叠报账单到财务室去给李处长报销这次的考察费用。报账单上单独列了一项：经 B 国转机及在 B 国停留 10 日费用，人民币 10 万元整！

守候阳光

　　迄今为止，我觉得自己做得最错的一件事，就是带圆圆去做的那次亲子鉴定。

　　其实，之所以要带圆圆去做亲子鉴定，完全是因为一些流言。那天，已离婚好几年的我，在无意之中听到了几个邻居的议论。其中一人说，不管怎么看，我都觉得陈清寿的女儿与他长得一点都不像。另一人马上附和，说，就是，我也早就有这种感觉了，特别是当圆圆已长到现在这么大了时，我就更觉得她不像陈清寿了。

　　说实话，最初听到这些，我真是无比的愤怒。想圆圆是我亲眼看着她妈妈文清怀胎十月之后生下来的，怎么可能不是我的亲生女儿呢？当然，我也承认，圆圆的确是长得不太像我，比如我的眼小，她的眼大，我是单眼皮，她是双眼皮。但谁规定，女儿就一定要长得像父亲？

　　因此，开始我并没有理会这些传言。但随着时间的流逝，流言却有越演越烈之势，甚至到后来，只要我和圆圆一出现，周围的人就会用一种奇怪的眼神看着我们，有的人干脆就直接在背后指指戳戳。终于，我忍无可忍，就决定带圆圆去做一个亲子鉴定，以平息这些人的议论。

　　做完鉴定后，医生说，结果还要几天才能出来。于是，我们就在家里等。在家等结果的这几天，圆圆一直睁着她那大大的眼睛，有事没事就待在阳台上，默默地看着外面的太阳。她也十岁了，也知道了一些事情。就在做完鉴定的当天晚上，她就抱着我的脖子，问我是不是不想要她了？当时我亲切地摸着她的头，说，傻孩子，你是爸爸的亲闺女，爸爸怎么可能会不要你呢？但圆圆似乎也听到了一些风言风语，她说，那你为什么还要让我去做亲子鉴定啊？是不是我不是你的亲生女儿？我立即说，怎么可能？圆圆，你一定是爸爸的亲生女儿！

　　三天后，我从医生手里拿到了结果，看到了最后的结论：陈清寿和陈圆两人的基因有99%的不同，没有血缘关系！我当即大吃一惊，差点昏了过去。

过后，我直接找到了文清，把报告单摔到了她的面前。文清好久无语。良久，她才说，其实，圆圆不是你的亲生女儿，但也不是我的。我说，当初我可是亲自陪着你十月怀胎的！文清却说，什么十月怀胎，我们结婚之后，到医院检查，你不是没有生育能力吗？虽然吃了很多药，但也没有见效，无奈，为了你急切的想要儿女的心愿及维护你那可怜的男人自尊，我不得不一直都假装怀孕，然后到生产期时，托人在外面找了一个弃婴。而且整整十个月，我都借口要好好休息，没有与你同房。所以，你根本就不知道我的怀孕是假的！我听了，怎么也不相信她说的话，我只认为是她当初背叛了我，所以，带着愤怒，我说，那你也去做一个亲子鉴定，证明你说的是真的吧！

第二天，文清就到医院做了一个亲子鉴定。结果，圆圆竟真的也不是文清的亲生女儿！

我当即就目瞪口呆。但我依然不能相信，文清的十月怀胎会是假的。十个月的时间，我可是整天都在家里陪在她的身边的呀。因此，之后的日子，我整天意志消沉，无所事事。到后来，我竟产生了一个愚蠢的想法，我决定将圆圆送到孤儿院，以报复文清这么多年来对我的欺骗！

我清楚地记得，在我将圆圆交在孤儿院的阿姨手里时，她不断地哭泣，拼命地挣扎，还不停地喊着我的情景。

后来的几天，我每天都要悄悄到孤儿院去看圆圆。听院里的阿姨讲，圆圆进来的这几天，都只是一个人静静地呆着，默默地看着外面的天空，看着天空中的太阳。在晚上，也是好久好久不睡，守在窗口。有几次阿姨问她在干什么，她都回答说她在等明天的太阳升起，没有太阳，她就会感到很孤独，很无助。我每次听到这里，就泪如泉涌。

一天，文清来找我了，质问我为什么把圆圆送到孤儿院？我说你骗了我这么多年，我为什么就不能把她送到孤儿院？文清欲言又止，最后她说，其实，圆圆是没有错的，错只在我。我说你有什么错，你只是骗我骗得比较成功而已。她说，其实我当初的确是怀孕了的。我又大吃一惊，说，那圆圆又怎么会与你没有血缘关系？

她叹了一口气，说，其实我怀孕是真的，不过不是你的，是我与一个大学同学的。他后来要出国，但想要自己的孩子，所以，在孩子出生三天后，他就找了一个弃婴，将我与他的孩子换了过去。而这个弃婴，就是圆圆。

我望着文清，内心的震惊无法言说，然后问，那你想说什么？

不想说什么，她回答，我只想说，圆圆其实并没有错。

我颓然坐倒在了地上。

两天后，我再次到了孤儿院。我去时，圆圆正站在窗前，看着外面的天空，守候初升的阳光。

爱　源

　　我站在一边，看着妻子怀中的女儿，眼睛里升起了一种爱怜，像阳光，洒满了她的整个脸庞。

　　女儿三个月了。人还很小，脸蛋红扑扑的，用手摸一下，感觉好像天鹅绒，嫩嫩的。

　　我把手伸向她。她有些不情愿。她的嘴正叼着她母亲的乳头，小嘴有节奏地开合着。我看着妻子，她的脸上洋溢了一层厚重的幸福，像历史，怎么都读不完。她正敞开着衣襟，让整个胸膛全都露了出来，丰满的乳房在太阳的照射下，光泽如洗，仿佛玻璃瓶中晶亮晶亮的豆腐乳。

　　我看着这一场景，感觉很有意思，便不想再打扰。女儿却望向了我。我伸手，把她抱了过来。抱过来后，她开始还比较平静，过了大约两秒钟，就开始哭。我望着她，说，爸爸和妈妈有什么不同吗？怎么一到爸爸这里就哭呢？

　　妻子望着我，笑而不语。

　　其时正是夏天，我光着上身。于是，我将身子前倾，对女儿说，来，吸爸爸的奶！

　　妻子伸手打了我一下，说，老不正经的，拿来，我喂喂她！

　　我闪过身子，说，不给，你就让她吸吸我的吧。说话间，女儿的嘴已经凑到了我的胸前，正在前面探索着。

　　我正了正身子，女儿的嘴终于叼着了我的乳头。一叼上，就拼命地吸。我的胸口被她吸得有点痒痒，但感觉很舒服。

　　吸了几口，没吸出来什么。女儿就放开了我的乳头，张开小嘴又哭了起来。

　　妻子说，看看，看看，你还是不行吧？说着就把女儿抱了过去，又揸开衣服，让女儿叼住了她的乳头，女儿才不哭了。

我痴痴地看着，感到有点羡慕。

但女儿叼着我乳头的感觉，我却久久不能忘怀。

从此，只要一有机会，我就把女儿抱过来，让她吸我的乳头。开始她还是不很习惯，后来渐渐地也就没事了，有时还能叼着玩上那么一会儿。

我觉得自己越来越幸福。

有一天晚上，我正在让女儿叼着我的乳头玩的时候，妻子却突然在旁边说，怎么了?! 我发觉你的乳房好像涨大了!

这怎么可能? 我说。我自己马上也看了一下。这一看不打紧，还真的就发现了问题：我的乳房的的确确是比以往大了不少!

我自己吓了一跳! 但看着怀中的女儿，那幸福的样子，就说，应该没什么问题吧?

但愿吧。妻子说。

后来的一天，我在一本书上看到，说是男人的乳房在进化过程中，基本上已没什么用了，但经过一定的刺激，还是可以涨大，分泌出乳汁来的。

这一看，我真是欣喜若狂!

但却不能让妻子知道。

以后，我就经常偷偷地让女儿吮吸我的乳头。我想让我也能为她的成长作出一些贡献。

但不久之后，大家都发现了问题，妻子也发现了问题。因为我的胸部已经明显比以前大了不少。

他们一追问，我不得不说了那本书上所说的话。妻子听了又气又笑，说，你呀你，爱女儿也不能这么个爱法呀。

从此，她就不再让女儿吮吸我的乳头。

不久之后，我的乳头就又恢复了原样。

但在某一天，我突然发现自己竟也真的长出了一对美丽的乳房，变成了一头奶牛，正在阳光的照耀下，悠闲地在草地上咀嚼着嫩草。

旁边，是我的一群小奶牛。包括我女儿，在内。

同等待遇

王老师在教坛已辛勤耕耘了二十年，凭着出色的教学成绩及抽屉里发表的一叠叠论文，终于在四十不惑的时候如愿以偿地评上了高级职称。当他拿着那本红彤彤聘书时，想着这二十年工作的不易，不禁萌发了诸多感慨。但今天上午学校办公室陈主任的一席话，却让他觉得有点啼笑皆非。当时陈主任在将聘书交给他的时候，说了一句话。他说："王老师，你现在的级别可比我都高了。我只是个正科，而你一评职称，就享受正县待遇了。"王老师马上说："什么正县不正县的，还不就是个普通老师！"

自从评上了高级职称后，王老师的工资还真的马上就涨了一大截。看着工资卡上每月多出的那么一笔钱，王老师也感到非常的欣慰，有了很大的满足感。从此，工作上是更加的勤勤恳恳了。他想，如不更加努力地工作，怎么对得起自己的工资和职称呢？

此后的一天，学校广播里发出了一个通知。通知说，为了支援山区的教育，我校准备要搞一次募捐，为山区的贫穷孩子们能上得起学表一点心意，为支援西部大开发作出一点切实的贡献。当然，通知说，本次活动是自愿的，大家愿捐多少就捐多少。不过，为了体现领导干部的带头作用，学校科级干部至少须捐200，县级干部400。

王老师听了这个通知，感到非常的高兴。他一直认为，支援贫困山区，是每一个人都应该做的。王老师想，作为一个普通教师，也要像领导干部一样有责任心，于是决定自己捐200。想好后王老师就亲自到学校办公室去交款。不想，当他把钱交到陈主任的手上时，陈主任却说，陈老师，你怎么只交了200呢？王老师有点意外，说怎么啦？陈主任马上又说，你是高级职称，享受正县待遇，应交400的嘛。

王老师这才想起自己有个正县待遇。不过他还是很高兴地就补交了

200。心想为孩子们做事情，只要在自己的能力范围之内，多一点也没什么关系。

又过了一段时间，市教育局相关领导说，为了推动本市教育的发展，促进教学管理的现代化，市教育局将出资，为本市教育系统所有县级以上管理人员每人配备手提电脑一台。消息一出来，就在广大教师中引起了极大的反响。王老师想，有关部门真的在为教育着想了。他总结上次捐款的教训，想自己是享受正县待遇的，这次配备电脑肯定会有自己的一台。于是就立即买来了很多有关电脑的书籍，打算马上给自己充电，以便在教学中能真正地将这些现代化的设备用上去。

学校办公室的负责人在一天上午去把电脑领下来了，一个个地发。但一直到上午放学，王老师都还没有接到叫自己去领电脑的通知。他很奇怪。转念一想，人家办公室的人员也很忙，不如自己去领算了。王老师就又一次来到了学校办公室，找到了陈主任，说："陈主任，我的电脑呢？"

陈主任却有点意外的样子："电脑，什么电脑？我们这次只为县级以上干部配备呀。"

王老师笑了："是呀，我是高级职称，享受正县待遇。所以这次配备电脑也应该有我的嘛。"

陈主任听了，却真的笑了起来，说："王老师，你理解错了。你只是享受正县待遇，但不是县级干部，所以这次没有你的。"

王老师看着陈主任，却是怎么也笑不起来。心想，这是哪回事给哪回事呀？享受正县待遇和县级干部有什么分别呢？陈主任却补充了一句话，说："王老师，正县级和高级职称只是享受同等待遇。但两者差别还是很大的。"

王老师忙说，"哦，明白了，明白了。"便退了出去。但心里却怎么想也想不明白。

结 局

一千年前的一天，他站在那里，身形很直，脸上沟壑纵横，像一张地图上布满了深坑。他站着，任风吹拂，腰间悬着一把剑，眼神中明显透露出了一丝丝的杀气。他应该感觉到冬天的风很冷。

但他仍是一动不动。因为他的雇主就站在他的面前。

公元 2006 年的一天，他站在那里，身形很直，脸上沟壑纵横，像一张地图上布满了深坑。他站着，任风吹拂，全身沾满灰尘，眼神中明显透露出了一丝丝的无奈。

他应该感觉到冬天的风很冷。

但他仍是一动不动。因为他的老板就站在他的面前。

"老板，上次的任务完成了。"他说。

老板看了他一眼，就又垂下了眼帘，手指在算盘上快速地拨动，说："噢?"

"那你是不是该……"他说，但没有说完。

老板又抬起了头，说："结账?"

"是的。"他说，"都有五年的款你没给我了。"

"五年? 很多吗?"老板说，仍是没有抬头。

"对你而言，不算太多。"他说，身形越来越像雕塑，"但我现在急需要这笔钱。"

"那是你的工钱。"算盘上的手停止了拨动，眼帘又抬了上来，"但你不知道我对杀手的规矩吗?"

"知道。但我也知道我现在需要钱。"

"不行，规矩不能坏!"

"但那从一开始就只是你一个人定的规矩!"

"那你想怎么样?"

他站着，身形开始解冻。他的手紧紧地抓住了腰里的剑鞘。

"老板，上次的任务完成了。"他说。

老板看了他一眼，就又垂下了眼帘，手指在笔记本电脑的键盘上快速地移动，说："噢?"

"那你是不是该……"他说，但没有说完。

老板又抬起了头，说："结账?"

"是的。"他说，"都有五年的工资你没给我了。"

"五年? 很多吗?"老板说，仍是没有抬头。

"对你而言，不算太多。"他说，身形越来越像雕塑，"但我家里的孩子上学急需要这笔钱。"

键盘上的手停止了移动，眼帘又抬了上来："你不知道我这里对民工的规矩吗?"

"知道。但我也知道我现在急需要钱。"

"不行，规矩不能坏!"

"但那从一开始就只是你一个人定的规矩!"

"那你想怎么样?"

他站着，身形开始解冻。他的手紧紧地捏成了两个拳头。

"我需要钱，老板。"他又重复了一遍。

"你不要冲动!"算盘被不小心碰到了地上，一下子就散了架。

他拿起了剑鞘。

老板惊恐地看着他。

"我需要钱，老板。"他又重复了一遍。

"少跟我说这些!"笔记本被用手拂到了一边，桌子上又被狠狠地擂了两拳，发出了"砰砰"两声响。

他抬起了拳头。

老板冷眼看着他。

"我再说一遍，我需要钱!"他似乎没有耐心了。

老板的眼神已近似绝望，嘴唇已不能动弹。

他的手快速出动，剑从剑鞘中如龙一般游出，像一条白练，很快，也很凄美。

"我再说一遍，我需要钱!"他似乎没有耐心了。

老板还是看着他，脸上充满了不屑。

他的手快速出动，拳头如石塔一般袭出，像一条白练，很快，也很凄美。

房间里响起了一声轻微的"咔嚓"声，算盘在瞬间被鲜血染红。

房间里响起了一声厚重的"扑通"声，两个膝盖突然跪倒在了地上。

千年前的侠客梦还在延续。

当今的工地上推土机的声响还在轰鸣。

冬天还是那样的冷。

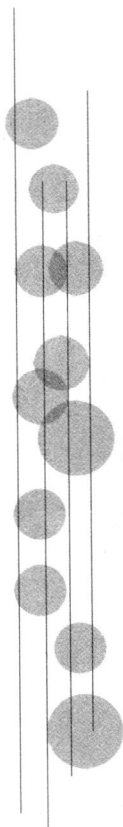

遥远的家

　　大伟从川西出来，在外面已打了五年工。为了心中的梦想，为了家中的土坯房能尽快建成砖瓦结构的"洋房"，五年间大伟咬着牙没回过一次家。但一想起老婆和儿子，大伟就觉得心酸。大伟出来时，儿子才刚刚呀呀学语，现在长成什么样子了，大伟也不知道，虽然在心中也想象了无数次，但却总是模糊。所以大伟便加倍努力，只想早点攒够钱，早点回家。

　　好在五年的时间没有白费，几千个日日夜夜辛苦下来，大伟存折上的数字也越来越大，直到最近，大伟估摸着差不多了，便决定回家。但他没有给妻子说，他想回家给老婆一个惊喜。在外面久了，大伟也成了一个有点情趣的人。他想像着自己突然把存折放在妻子的面前，妻子的脸上该是一副多么激动的神情。

　　辞了工，领了最后一个月的工资，大伟给老婆买了一件价值一百元的衣服。这是结婚这么久，大伟给老婆买的最贵的衣服；然后又给儿子买了一些童装，余下的钱除了买车票便全都存进了银行。

　　坐了两天火车，八小时汽车，又走了三小时的山路，终于到了也离别五年的村口。在村口的岔路上，大伟想象着老婆见到自己该是如何的兴奋。五年了，大伟的心酸之中一直都夹带着沉重的愧疚之情。大伟眼前仿佛又浮现了当初妻子与他结婚时搬进那间头上漏雨、墙上漏水、底下成洼的土坯房时的情景，妻子在村口抱着还不会叫爹的儿子与他挥泪告别时的场景也仍历历在目。那时的心痛，就如第一次听到车轮撞击铁轨的声音那样，让他永世难忘。

　　天快黑了，也快到家了。在路过距家还有十分钟路程的果林时，大伟在极度的疲劳中也感到极其的兴奋。在一棵树下，大伟想坐一会，稍微休息调整一下再回家。树下刚好有一块石头，大伟就在石头上坐了下来，喘了一口气。

夜色有点朦胧了。大伟觉得精神好像好了一些。他想站起身来，却听到身后不远的地方传来了沙沙的脚步声。好像是两个人在小心地走。大伟想有谁会这么小心呢，莫不是来偷水果的吧？他侧起了耳朵，脚步声却停了下来。只听一个细微的女声在说："叫你别找我了，你怎么还来？"

"我来是想给你说清楚。"一个沙哑的男声。

"还有什么说的。"女的好像生气了，"你再这样我可真的对你不客气了。"那女声在说，大伟觉得这声音好像有点熟悉。

"怎么没说的呢？"那男声说，"自从上个月陈二佰家儿子结婚之后，你就对我不理不睬的了。这是怎么回事？"

"什么怎么回事？你给我少提那天的事。"女的声音稍微提高了一点，明显是在尽力压抑着情绪。这是村里的谁呢？声音怎么越来越熟悉了？大伟有点奇怪了。

"那天是我这一辈子最高兴的一天，我怎么能不提？我还记得你在陈二佰家帮忙到夜里十一点，我悄悄接你回家之后……"

"你再提！"一个耳光响了起来。

随后传来了俩人拉扯的声音。大伟想走过去劝一下，他知道这肯定是自己村里的人。但大伟又怕别人怀疑自己在偷听，所以他想还是走了算了。但当他刚想站起来时，却明显听到了那俩人厮打的声音。

大伟想，男人怎么能打女人呢？大伟站了起来，摇了一下树，声音停止了。但却传来了女人"呜呜呀呀"的声音，好像是嘴被捂住了。一会又是撕打声、衣服破裂声。大伟咳了两声。

这下真的是完全停了。一阵急促的脚步跑向果林外。

大伟想这下可以走了。他迈出了脚步。

这时，那男声说话了，嘴里恨恨的："好你个婊子，上次不过是稍微用力你还不是就就范了。现在却还要装什么清高！"那男的好像还不解恨，"砰"的似乎踢了一下果树，又说，"你老公在外都五年了，还守什么？！那个牛大伟有什么好？"大伟的头轰一下就炸开了。

大伟不记得那天晚上是怎么回家的。反正当他回家时，头上脸上全都沾满了血。妻子一看到他，先是惊得说不出了话，后来就"哇"的一声哭倒在了大伟的怀里。

借着茅草棚昏暗的灯光，妻子终于看到了大伟身上的伤，呜咽着问大伟是怎么回事，是不是被人抢了。大伟说是，不过那人没抢到他的钱，因为钱全都在折子里。说着大伟就拿出了存折，翻开在了老婆的面前。儿子一直在旁呆呆地看着眼前的这个"陌生人"。大伟伸手抱他，他却后退了几步。老婆却又"哇"的一声哭了出来。

晚上，大伟抱着老婆，看着儿子可爱的脸，说着自己的规划。他说我们要马上修自己的房子，最好修三层楼的那种，全和城里人的一样；房子修好后我们要买洗衣机、电冰箱等等，床也要买城里人睡的那种能睡三个人的大席梦思。妻子听着，眼角却泪流不止。大伟就说，老婆，我们有这么好的将来，你应该高兴呀。妻子还是流泪，嘴张了张，想说话，大伟就用嘴堵住了她的嘴。

这晚，大伟做了一个梦，梦见他和妻子、儿子照了一张大大的合影，上面的三人，紧紧依偎着，永不分开。尽管做梦时大伟也流着满脸的泪。

赌　局

　　陈列是一个赌徒，是一个很善于控制局面的资深赌徒。

　　那天，天气灰朦，陈列一个人躺在床上，我和吴湖、小方围坐在他的身边。

　　我心里非常明白陈列此时躺在床上和我们说话，不为别的，只是为了与我们一起度过这最后的时间，说简单点他就快要死了。对于这一点，我丝毫没有悲伤。毕竟他已年过七旬了。

　　陈列说："我现在还有一点时间。正因为这样，我才把你们三个招过来，我想与你们一起在最后还赌上一把，我想把我最后的一点时间也用在我今生为之付出最大努力的事业上。"

　　陈列说的"事业"，就是赌。在陈列七十多年的人生中，最大的爱好就是赌，而且是逢赌必胜。

　　他又说："我要死亡是肯定的了，对于这个事实，我们在座的四个人都肯定为赢家，因此我现在想和你们一起赌的就是：我今天死于何时，这个时间必须非常精确，甚至最起码要到几分几秒。"我们三人一听他出了这么一道难题，都感到兴奋异常。

　　气氛马上又严肃而紧张起来。我们四个人都抬着腕上的表。起初吴湖忍不住提出了一个时间是下午四点三十二分第十六秒。小方很快也敏捷地提出了一个与吴湖稍有出入的时间。本来我是可以非常自信地提出一个时间的，但我一直没能讲出来，陈列用一种凶狠的目光盯着我，"你为什么还不提交答案呢？"我额头上的汗珠大粒大粒地掉了下来。

　　我们三人都坐在位子上，我们能感到他说话的声音正在减小，刚才从姿势里所透出的一些有力的苗头现在也湮灭了，我发现吴湖有好几次都想点头宣布：你已经死了。可是他没死，因为最起码赌局未完，所以吴湖和小方都将他们刚才提交的时间往后又稍微拉长了一些。同时我仍没有提交答案，因而陈列的眼神在迷茫中仍含着一股巨大的隐约的朝气，这使我倍感亲切。

陈列伸过手艰难地抚摸着我的头颅，他语重心长地说我也许只是想打发时间呢。

陈列虽然处于弥留之际但乃十分敏感，他狡猾地用虚弱的手指扣住吴湖的膝盖说："即使是打发时间，那也不是生命的有效形式吗，你不要认为赌徒能清晰地获得胜利就完了，他更重要的往往在于他是如何获得那伟大的判断，正确地提交了他的判断的，判断虽然短暂，但在判断之前呢，难道他的思考、欺骗和玩弄伎俩不是打发时间吗？"

说完这句话，陈列彻底地扭过头去，这时我看到泪水从他的眼角挤了出来，挂在他那苍老的脸上，又流到鬓角处汪洋一片，再坠落到耳孔中，我没有伸手去擦。这时，我们可以感到他要死了，或者他已经死了，我们都不能张大嘴巴去号啕大哭，因为一旦他在此刻没有死去，他会多么失望啊，因为残留在现在的一种真正的存在则是他所遗留的赌局。可能我们都意识到了这点，吴湖首先提出了时间，（当下时间），小方也推出了另一个时间（再晚一点的当下时间），当我们三个骄傲地面面相视为陈列这有意义的赌资式的死亡而倍感敬畏时，不料，陈列自己却又睁开了眼睛，他用他最后的力气拉住我们三人所靠着的床说："在最后的赌局中你们都败了，但我先说一件事，现在我马上就要死了，我为了保证在我去世之后，你们能对我心服口服，我现在说一个我将要死亡的准确时间：今天下午四时四十五分第二十三秒。"

说完，他就将目光定定地放在了床上天花板的某个位置，动也不动，然后就慢慢地阖上了眼睛。我们立刻站了起来，只是没有站直，因为心情沉痛。我们眼睁睁地看着他的眼睛完全闭上，却没有一个人记住看一下表。终于，陈列躺在床上一动也不动了，我们弯下身，检验他确实是去世了。

这时，吴湖才记起了我们和陈列之间还有的赌局。他看了一下表，时间却已是下午四时五十分。

我们都面面相觑。

我们到底还是因为他的去世而导致的心情沉痛，忘了记下这场赌局的最确定的时间。

陈列所能控制的，也只是局面，而不是时间。